文學新象 195

刺魚

가시고기

趙昌仁

林雅萩 譯

高寶書版集團

第一章　天空

1

爸爸是笨蛋。

我現在正看著我那笨蛋爸爸。

窗外下著雨，淅瀝瀝的。一大早就開始下雨了，下到傍晚還沒完。

爸爸坐在兒童病房後院的木椅上。我猜椅子應該早就溼了；爸爸也應該跟椅子一樣溼淋淋的吧！

爸爸沒拿傘。明明在醫院的販賣部就可以買到傘，但爸爸這樣任由雨水打在身上的樣子讓我難過得不得了。真是令人火大：雨怎麼還不停呢？

下雨的時候，爸爸連窗子都不許開，總是擔心我會因為這樣而感冒；可是他自己卻這樣淋著雨，就算我問他「為什麼」，爸爸也一定會說：

「因為爸爸是大人，達雲還是小孩嘛。」

我也只能點頭而已。不過我可不是那種會被爸爸的話騙過去的笨蛋；難道雨會像導彈一樣專門攻擊小孩嗎？這種事情怎麼可能發生！

我其實都知道的，知道這個世界上發生的許多事情。

下個月開始就是小學三年級的暑假了。自從上小學以來，我到學校上課的日子，算一算還不到六個月呢！但即使如此，我可是很聰明的，連小學六年級的算數題都解得出來。有時候我會忍不住稱讚自己，不過有時候也會因為身邊沒有可以讓我炫耀的人而覺得有些遺憾。身邊只有爸爸也是沒辦法的事，但爸爸都會微笑著對我說：

「念書不是最重要的事；如果說人生是十分的話，念書大概只占了一分也說不定。」

我想問爸爸：那人生剩下的九分是什麼？雖然我這麼想，但並沒有真的去問；我想爸爸可能也不是很清楚；如果爸爸真的完全了解人生剩下來的那九分是什麼，他現在看起來應該就不會那麼寂寞、那麼沒精神了。

爸爸很哀傷。因為哀傷，所以要眺望遠方的天空；所以才會像個笨蛋一樣任由雨水打在身上；但即使雨水無法洗去哀傷，爸爸仍然一動也不動。

爸爸的手在外套口袋裡掏著。我知道他在找什麼：香菸。我忘了什麼時候曾看過「我最討厭的事情」之類的書，裡面總共有二十五件，香菸是第十三件。

我愛爸爸；但是，我討厭抽菸的爸爸。

爸爸只要一抽菸，媽媽就會歇斯底里起來，所以爸爸才戒菸的；不過，我再次住院之後，爸爸又開始抽菸了。雖然要不要戒菸是爸爸的事，但我真的不喜歡他抽菸。

就算再怎麼討厭，我也不會像媽媽那樣歇斯底里。爸爸曾經說過，為了所愛的人，非得容忍自己討厭的事情不可。這個世界上我最愛的人就是爸爸了，所以我想，對於爸爸喜歡抽菸這件事，我不得不忍耐。當然，爸爸從來不會在我旁邊吞雲吐霧。

我想起以前住在二十樓公寓的時候，因為媽媽不准爸爸在家裡抽菸，所以他總是打開落地窗，走到陽臺抽菸。我不喜歡爸爸靠在陽臺欄杆上抽菸的樣子，因為搞不好下面會伸出一隻怪手抓住爸爸的腳，也說不定欄杆會突然壞掉。

我並不是膽小。我膽小嗎？就連醫生都會豎起大拇指，說我「不愧是男生」呢；事實上，整間病房裡，沒有人比我更能忍受打針或吃藥了。

但話說回來，我只有在從高處向下看的時候，才會覺得自己的膽子變得好小好小，甚至還曾經嚇到尿褲子，就連玩盪鞦韆和溜滑梯也會。以前去愛寶樂園（Everland）[1]玩「閃光碰碰」（Flash Pang Pang）[2]的時候，嚇到幾乎昏過去。從此以後我就決定，長大後絕對不搭飛機。

看著站在陽臺「呼」地吐出煙霧的爸爸，我想我真正討厭的既不是二十層樓的高度，也不是香菸，而是像現在這樣，因為沒撐傘所以被雨淋溼，顯得寂寞而無助的爸爸。

我早就不是小嬰兒了，但爸爸還是把我當成嬰兒一樣在照顧。

---

1 韓國三星集團旗下的遊樂園。

2 愛寶樂園中的遊樂器材，座椅會一邊旋轉一邊上上下下移動。

爸爸在我面前總是表現得好像是全世界最勇敢的人；可是背對我的那瞬間，就會變成現在這副讓我失望的模樣。

我得了白血病。

爸爸從來沒有跟我說我得的是什麼病；以後一定也不會說。跟我同一間病房的人，全都是白血病和白血病的親戚——再生不良性貧血[3]的患者，就算我不想知道也自然會知道，甚至還知道白血病是非常恐怖的病。

我個子很小。因為白血病的緣故，這兩年來，其他小孩都慢慢長大了，但我幾乎沒長高多少，簡直就跟把我釘在柱子上沒什麼兩樣。白血病就像那隻不懷好意的湯姆貓[4]，而我就是那隻傑利鼠，不管逃到哪裡，湯姆貓都會馬上追過來。白血病真是讓我吃足了苦頭。

住院出院、住院出院……

從兩年前就不斷重複著這樣的日子，雖然沒有特別去數，但應該超過十次了吧！短則一個禮拜，長則三個月；我這次住院已經一個半月了。

「好想出院。」雖然我一直這麼說，但爸爸根本把它當成耳邊風。不管住院還是出

---

3 再生不良性貧血是一種骨髓衰竭疾病，除了貧血，還有白血球及血小板數目不足的現象。貧血通常不足以致命，但白血球及血小板數不足則可導致病患因敗血症及嚴重出血而死亡。

4 卡通《湯姆貓與傑利鼠》（Tom and Jerry）中的角色。

院都沒有差別，而且，我非早點出院不可；我知道爸爸已經沒有錢了。出納室把爸爸叫過去的次數增加了，一定是積欠了不少醫藥費吧。說真的，爸爸到底打算怎麼辦呢？

爸爸兩隻手插在口袋裡，好像沒有找到菸的樣子。他一直望著遠處的天空，天空布滿了低低的烏雲，簡直就像爸爸內心深處的悲傷。

我真是個壞孩子，是個讓悲傷的爸爸更加悲傷的壞孩子。再怎麼痛、再怎麼辛苦，我也不應該說出那種話。我怎麼會那麼沒神經啊？可是我也沒辦法，話就跟鼻血一樣，自然而然地流出來了。雖然很對不起爸爸，但那些話的確代表了我的想法。

毫無疑問的，白血病是種一不小心就會讓我死掉的病。

目前為止，我已經看到好幾個小孩死掉了。有在睡夢中死掉的，也有大叫一聲後就突然死掉的；如果我要死的話，我希望能像那些在睡夢中死掉的小孩一樣。

不是每個白血病的患者都會死，只要按照醫院的指示，還是可以打敗白血病的，就像已經完全治癒、過著健康生活的詠婕姐姐一樣。不過最近我不是很有自信，擔心自己的力量不足以克服病魔。

我喜歡禱告。禱告可以讓時間過得很快，禱告的時候也可以忘記疼痛；只是我已經不再像以前一樣，祈禱自己的病能夠治好。

神啊！請祢趕快帶我去天堂吧！

我每一天都這麼祈禱著。

教會主日學的傳道[5]說過，天堂的道路全部都是用黃金鋪成的，不會再覺得痛苦、悲傷或憂慮。我不在乎有沒有黃金鋪成的道路，但如果可以不再痛苦、不再悲傷、不再憂慮，那我想早點去。

我已經受夠自己的病了，爸爸應該也是吧！為了已經口袋空空的爸爸，我一直覺得這樣比較好。但是，如果我去了天堂，爸爸一個人要怎麼活下去呢？就像媽媽離開的時候一樣，每天喝得醉醺醺的嗎？我好擔心這一點。

2

「醫生，還要痛多久才會死？」

這是像隻松鼠般弓著背側躺，讓醫生抽取骨髓的兒子說的第一句話。

兒子並沒有哀嚎，彷彿連哭泣的力氣也不剩；只是全身不停地顫抖著。

從骨髓檢查開始之後，他就一直這麼想：如果能聽到兒子哭叫的聲音就好了。如果能看到他像其他小孩一樣不停掙扎，自己也許能好過一點。不，如果兒子能痛到昏過去說不定更好，這樣兒子就不會感覺到疼痛，而他自己至少能流下一滴強忍已久的淚水。

5 基督教的傳道人員，一般稱為「傳道」，並不具有神職人員身分。

如他所期待的，終於聽到兒子開口，但他只能趕緊把視線移向窗外。不是因為克制不住那奪眶而出的淚水，而是因為想假裝沒聽到；他甚至有種想踢開門、飛奔出去的衝動。

正在採取骨髓的住院醫師一瞬間停止了動作，時間也彷彿隨之凍結。他不得已，看向閔允識主任。閔主任默默地看著深深扎進孩子體內的抽取針。

孩子蒼白乾渴的嘴唇又動了：

「夠了，我不要再痛了。」

必須穿透皮膚、從腸骨棘與尾骨中間的縫隙刺入，才能抽取骨髓。當孩子哭叫的時候，連在一旁守候的家屬也都會跟著哭，簡直就是殘酷的嚴刑峻罰。再次住院之後，兒子已經接受了四次這般酷刑。今後不知還要接受多少次檢查的事實讓他絕望地感到悲慘。

如果自己能代替兒子就好了。啊，真的，如果能代替兒子的話……

但是，他根本不能代替兒子做什麼。他只能眼睜睜看著兒子痛苦，並為自己身為父親的這個事實感到憤怒與絕望。他覺得自己有辱「父親」這個稱呼，無法以平常心接受兒子看著他的視線。

兒子連一句抱怨都沒有，但相對的，他必須面對兒子無數次無言的抗議：在兒子痛苦扭曲的臉上、在一大把抗癌劑上、在孩子吃不到一半便不肯再吃的滅菌餐上……

閔主任推推鼻梁上的眼鏡，清了清喉嚨。

過了一會兒，閔主任把手放在兒子肩上：

「打針很痛吧？再忍耐一下，馬上就結束了。」

「我不是在說打針。我說真的，我不要再痛了。這麼痛苦，不如死了算了，對吧？死掉的話就不會再覺得痛了。」

兒子臉上帶著放棄的表情。這是只有嘗盡世上痛苦的人，才會出現的表情。兒子才九歲而已，所以他會有放棄的念頭是理所當然的；他的確有這個資格。日出日落，時間並非對任何人都是公平的。就算只有一個晚上，對某些人而言，也可能比一輩子還要長。

或許兒子已經活了千年之久也說不定；在這千年之中，承受風雨、暗夜、酷暑和嚴寒摧折的櫸木想必才是兒子真正的模樣；說不定兒子已經不想再餵養這痛苦的根源了。

「疼痛是很好的訊號。」

閔主任臉上帶著笑，俯看著兒子。他繼續說道：

「為什麼呢？因為達雲的身體受到病原菌的攻擊，不停地在哭叫。你想像一下：卡通裡面為了要打倒可怕的壞人，必須要有力量對吧？可是主角是不會輸的。同樣的，達雲不會死，該死的是病原菌。所以，雖然很痛，還是要稍微忍耐一下。」

雖然閔主任做了很適當的回答，但不知道兒子是信還是不信。

他望向天空，又把手慢慢伸進口袋裡找；還是沒找到菸。他失望地轉而把目光投向兒童病房。

窗邊有個影子，但很快就消失了。是兒子。他從骨髓檢查室被送回病房，明明在注射止痛劑之後就睡著了，結果才經過一個小時而已。難道連止痛劑也沒用了嗎？

他從長椅上站起身，開始邁步。他並沒有走很遠，停在兒子視線看不到的地方，靠著兒童病房的外牆。兒童病房和癌症中心之間有一盞鈉氣燈，在檸檬黃的燈光下，雨就像參加閱兵典禮的士兵般，規律地打在他身上。

他望見一位女性從癌症中心裡走出來。

她和自己一樣住在兒童病房二〇一號房。她的個子小小的，有雙大眼睛，是一個孩子的母親。她的兒子名叫承鎬，承鎬從兩天前就開始在癌症中心接受放射線治療。

她應該剛剛才把承鎬推進像棺材一樣的放射線治療室，承鎬大概在那長得像棺材的地方，一邊叫著「媽媽」，一邊大哭吧！

她就這樣低著頭，一副全身無力的樣子，緩緩走向兒童病房。雨仍然下著，完全沒有停止的跡象，她小小的身體應該一下子就會淋溼了吧；但即使這樣又如何？隨著往來兒童病房與癌症中心的次數日趨頻繁，不管是灼身的烈日，還是傾盆大雨，對她來說，早就是別人的天空裡發生的事。

別人的天空。失去了自己的天空，就這樣活著的每一天。

做為一個母親，不管是走在陰涼的地方還是撐傘，都是一種奢侈。

承鎬和兒子一樣，都得了急性淋巴性白血病。承鎬是第一次發病，兒子則是第二次發病，住院接受治療。

他看著兒子的病房。兒子看不見這裡，但從這裡可以看到兒子；只是，兒子的身影並沒有再出現。

背靠著牆壁滑坐在地上。他用雙手抱住頭，把頭埋在兩腿之間。

誠如兒子所說，還要再受多少苦才會結束？而這個「結束」除了死亡之外，難道就沒有其他可能嗎？

最近他的腦中出現一種想法，這想法就像甜蜜的誘惑，不斷糾纏著他。

真正能幫助兒子的，也許不是與病魔無止境的戰鬥之路，而是讓兒子舒服地離開這個世界。

▩

他像達雲這麼大的時候，也是一位父親的兒子。

江原道舍北，他在達雲這個年紀的時候住在那裡，一個不論是天空、土地還是水，全都一片漆黑的地方，人們生活在這漆黑之中，父親也是其中之一。

雖然記不清是哪一天了，不過他想那是個非常寒冷的破曉時分；就算不記得那天是哪一天，也能很清楚地記得那個地方。山坡上排著一模一樣的鐵皮屋，簡直就是同一個模子印出來的。那間屋頂上用黃色的字寫著大大的「na-12」的房子，就是他的家。

他被響個不停的警報聲吵醒。警報聲是礦場發生事故時，用來呼叫非值班礦工的信號。警報聲響起的時候，家裡只有他和媽媽，父親正在輪三班制的夜班。

經過兩天兩夜，終於被救出來的父親，是遭到活埋的五個人之中唯一的生還者。但他的左腳卻埋在礦場裡，永遠回不來了，取而代之的，是走起路來會發出「嘎吱」聲的塑膠義肢。附近的孩子總是取笑身為父親兒子的他：「塑膠腳是假腳，走不了十里路的假腳。」

在領了六個月份的薪水之後，父親被趕出了採礦所，但他們仍然住在「na-12」的房子裡。

母親總是搭最早班的火車到堤川去，再搭末班車回家。他不記得母親這樣擺攤的日子究竟持續了多久，但有一天，媽媽搭早班火車離開之後，便再也沒有回來了。

父親從一大早就開始喝酒，傍晚的時候，醉醺醺的父親都會帶著他，拖著義肢「嘎吱嘎吱」地走到採礦所。他每天都會看到父親對著臉色發白的採礦所所長揮舞著義肢。

所以每當快到傍晚的時候，他就會躲在隱密的地方，但都會被發現。父親總像是在趕小羊似的，叫他走在前頭。不幸的是，或許那天他躲得比平常還要隱密吧，也或許父親根本沒有來找他，總之，那天之後，他就再也沒有去過採礦所了。

為什麼？父親去了哪裡？怎麼去的？沒有人告訴他；後來聽說那天父親對臉色發白的所長揮舞的不是義肢，而是刀子。為此，有很長一段時間，父視去吃牢飯的傳言像人人避之唯恐不及的傳染病般，在宿舍附近流傳開來，也因為這個傳言，他離開住慣了的家，到遠方的親戚家去。

三年之後，父親回來了。

他拄著拐杖。義肢怎麼了嗎？父親把左邊的褲管捲起來，用橡皮筋在大腿上綁了好幾圈，一眼就看出他只有一隻腳；但卻沒辦法輕易看出父親曾進過監牢。他的頭髮沒有剃光，而是像剛把頭從煤灰堆裡伸出來般的蓬亂短髮，一副才從哪裡流浪回來的樣子。

父親帶著他，離開了照顧他的親戚家，搭上火車。

在堤川附近的旅社過了一天，父親始終背對他，面向牆壁躺著。到處都是老鼠尿漬的天花板上傳來老鼠來回走動的聲音。他的肚子咕嚕咕嚕叫個不停，終於，父親聽到了。

「肚子餓了嗎？」

他點點頭。父親站起身來，離開房間。三十分鐘後，父親回來了；又三十分鐘過後，兩碗酢醬麵送到了房裡。酢醬麵好吃得令人驚訝，彷彿把它吃光太浪費似的，他小心翼翼地動著筷子。

吃完生平第一次，也可能是最後一次的酢醬麵之後，父親從上衣口袋裡拿出一只黃色信封，問他：

「好吃嗎？」

「嗯！」

父親從黃色信封裡拿出一把種子大小的藥錠，對著他伸出手。然後，也在自己手裡放了一把。

「吃完了好吃的東西，來吃點腸胃藥吧！」

但是，他無法按父親的話做。他知道的。住在「na-12」的時候，廚房的角落、冷掉的米飯上都有放這種老鼠藥。他甚至在廚房的地板上看過中毒掙扎的老鼠。

「來，吃吧！」

父親又說了一次，但他坦白地說：

「爸，這是老鼠藥對吧？」

一時之間，父親什麼都沒說，只是用一雙失焦無神的眼睛望著他。他緊握著手裡的老鼠藥，老鼠藥稍稍被手裡的汗水溶化了。天花板上仍然不斷響起老鼠來回走動的聲音。

「你不想吃嗎？」

父親這麼問著，而他仍然坦白地回答：

「爸，我不想死。」

父親拿過他手上的老鼠藥，再度面對牆壁躺了下來。就這樣，又無所事事地過了一天。

「爸爸我啊，真的什麼辦法都沒有了。反正，你得靠自己的力量活下去。」

父親邊把他帶到車站前的派出所邊這麼說。這也是父親最後的一句話。

他那時候完全不知道「靠自己的力量活下去」是什麼意思，但他不想像父親那樣活著，另外，有件好笑的事，就是他決定這輩子再也不吃酢醬麵了。

▩

他無法理解父親。

也不想理解父親；不，他恨父親；也不是，他想把父親存在的記憶消除。就像父親所說的，從此以後非得靠自己的力量活下去不可，活在這個痛苦的人世間。

有很長一段時間，他以為自己已經忘了父親。但妻子說她懷孕的時候，父親的臉就如同泛黃的舊照片般浮現眼前。當他抓住那張舊照片的一角時，他想起了「父親」的意義。即將成為父親的事實，這讓他完全不知該如何應對；在產房等候室聽到有人叫他名字的那一刻，他頓覺混亂。

但第一次看到包在襁褓裡的嬰兒時，所有的困惑與混亂都在瞬間煙消雲散。他以充滿激動與感動的心情將孩子抱在懷裡。自己變成父親了，雖然他沒有很想變成父親，但他心裡有種預感：所有自己非活著不可的理由，幾乎都會是為了這個孩子。

「父親」與「孩子」之間的羈絆，實在是一種很奇妙的情感交流。

自從兒子和病魔對抗以來，他們之間的情感交流更深了。兒子的病情每天都在好轉與惡化之間徘徊，今天才覺得好點了，明天就會變糟。兒子身體狀況好的時候，他也會神清氣爽地度過一天；萬一兒子的病況惡化，就算有什麼令人愉快的事，他也高興不起來。

兒子是讓他活下去的動力。就像繞著太陽公轉的行星，兒子就是他的生存之道。如果有一天失去了兒子，他知道離心力會把他拋出這個世界之外；幾乎失去活下去的理由的他，此生再無法歡笑、無法歌唱。

但是兒子卻問：「還要痛多久才會死？」、「這麼痛苦的話，不如死了算了。」

離開兒子的病房後，他心裡想著：

手裡抓著老鼠藥的父親，和只能眼睜睜看著兒子受苦、卻什麼也做不到的自己，差別在哪裡？想起把自己丟在派出所前面、拖著一隻腳慢慢走遠的父親背影，自己是不是也一樣，把兒子丟在死神門前，轉身就走？

昨天傍晚來探病的詠婕在躊躇片刻之後，「這是我自己的經驗啦，」她這麼說著。

「和疾病對抗的過程中，最讓我難受的不是身體的疼痛，而是看到照顧自己的母親那疲倦的模樣。」

而現在他的臉上也有著和當時疲倦的母親相似的表情，她又說。

認識詠婕是在兒子剛住院的時候。當時她還是個高中生，罹患了再生不良性貧血這樣的重症。雖然這和白血病很像，是一種治癒率相當低的疾病，但這位臉上總是掛著笑容的少女已經完全痊癒，現在是位大學生了。自從兒子再次住院之後，詠婕每個禮拜都會來探病一兩次。

「上帝不會關上所有的門，祂一定會留一個出口。達雲最後一定會戰勝病魔、幸福快樂地活下去！因為經歷過痛苦，他自然會知道生命有多麼珍貴。所以啊，叔叔，你自己可不能先倒下去喔！」

誠如詠婕所說的，他已經筋疲力竭了。他的確覺得自己不斷掉進地獄的最深處。

每當兒子痛苦掙扎的時候，他就想：他們的人生是不是非得在這裡結束？世界上的確有人力不可及之事，他們就是這種情形。

「達雲的爸爸。」

循著聲音望去，一位嬌小的女性正睜大雙眼站在那裡。她好像沒有到兒童病房去。

他慢慢站起身，那位女性接著說：

「發生什麼事了嗎？」

他並沒有馬上回答。她從皮包裡拿出手帕遞給他。其實他們現在都需要手帕，所以他並沒有拒絕。他看著手帕，好一會兒才開口：

「承鎬怎麼樣了？」

「請用吧，不用介意。」

好像要轉移話題似的，她嘴角露出微笑。隨即，她雙肩一垂，緩緩回過頭望著癌症中心。在中心的地下室，她的兒子還躺在像棺材一樣的地方。

天色越來越暗，兒童病房外的燈光愈顯明亮。雨滴仍然規律地落在檸檬黃的光線下。

「他說『不要』，所以我揍了他一頓。不但揍了他，還硬把他推進去。」

她臉上掛著淚，無聲地哭泣著。在這麼長的時間裡，這些非得看著自己小孩與疾病對抗的父母，早就知道了無聲哭泣的方法。

「我真是個壞媽媽對吧？」

他乾咳了幾聲，回答：

「承鎬也了解媽媽的心情。」

「是真的嗎？承鎬也了解嗎？」

「請打起精神吧！一切都會好轉的。」

其實也不必全部都好轉，這是不可能的，是虛幻的願望與奢求；只要孩子能戰勝病魔就夠了。她應該也知道這一點其實就代表著一切。

她看著癌症中心，用振奮開朗的聲音說：

「沒錯。我們不能先倒下，達雲的爸爸也要振作起精神喔！」

他點點頭。她又說：

「請進去吧。這樣淋雨，看著真讓人不忍心。」

3

今天感覺真是棒透了！

真的好久沒有過像今天這樣的日子了。高燒退了，那種喘不過氣的感覺也沒有了，像是有一打青蛙在裡面大吵大鬧的腦袋也舒服多了。

「一切都是由心的感覺決定的。多想著好事的話，就真的會發生好事。」我發脾氣的時候，爸爸就會這麼對我說。這是第一次，這些話真的完全應驗了。

昨夜好像下了整夜的雨。我一直半夢半醒的，一邊聽著雨聲，還一邊不停做著惡夢。只要一下雨，我就會變得憂鬱又煩躁。我想其他病人應該也跟我一樣。

儘管如此，早上睜開眼睛看到了太陽，就有一種「會發生什麼好事」的感覺。當我想著所謂的「好事」是什麼的時候，腦中出現了芸美。

芸美呀……是個頭髮兩邊總是夾著花朵髮夾的女生；不過，她不是每次都用同樣的髮夾。淺紫色的松葉牡丹、純白的繁縷花、紅色的玫瑰……。芸美有很多花髮夾，但我猜主日學裡只有我注意到這一點，光是想到就覺得好開心。

「你好，鄭達雲。」芸美一邊用小小的手玩著髮夾，一邊跟我打招呼的時候，我的心簡直就快要化掉了，變得輕輕柔柔，好像可以飛到天空中似的。

今天，芸美頭上戴著黃色向日葵的髮夾。

我跟上個禮拜來探病的傳道說，我想見大衛班的同學。當我看到芸美的時候，就知道我的作戰成功了。

大家排成一列走進病房，芸美排在最後面，大家臉上都有種等著挨罵的表情。對大家來說，醫院這種地方應該很恐怖吧！說不定，讓大家覺得恐怖的，是我光溜溜的頭、蒼白的臉，還有手腕上的靜脈注射。

爸爸給每個人一罐果汁，大家的表情才稍微放鬆了點。再過了十分鐘後，大家看起來就跟平常沒兩樣了。我不知道芸美是不是也跟大家一樣；並不是因為她站在最後面，而是因為我不敢盯著她看。

傳道和爸爸站在門口講了一會兒話。傳道一隻手托著下巴，爸爸的嘴角則是好幾次露出微笑。

我為圍在病床邊的大家說我聽到的最新笑話。我想讓大家開心，就像爸爸微笑看著傳道那樣。

傳道走過來對大家說：

「各位，我們來禱告吧！」

剛剛聽了笑話還在咯咯笑的大家隨即正經地交握雙手。當然，我也是。

如果有比誰禱告最久的比賽，傳道一定會得冠軍。不過今天就算他禱告個幾天幾夜，我都不會覺得辛苦，因為這樣就不會有人發現我一直看著芸美的黃色向日葵髮夾。我知道禱告的時候不應該睜開眼睛，但我想上帝應該能理解我的感覺吧！

「親愛的上帝，求祢記念祢深愛的兒子達雲。求祢光照他、讓他得以康復；求祢賜福，盡早讓他回到我們身邊。我這樣禱告，是奉耶穌基督的聖名，阿們。」

禱告結束，大家準備要回去了。雖然覺得很可惜，但我不能只考慮自己的事情，大家還是要上學、要寫功課啊！

大家一個一個地跟我說再見，最後輪到芸美。芸美把一本書放在病床上，說：

「再見。」

芸美的黃色向日葵髮夾真的很漂亮。我無論如何都想對她說這句話，但我卻像個笨蛋，什麼話都說不出來。

就算這樣，我的心情還是好得不得了。我把書拿給爸爸看。

「這是探病的禮物喔！」

「《愛麗絲夢遊仙境》啊，這本書你看過了呢。」

沒錯，這本書我看過了，而且也不覺得它多有趣。但是我想再看一遍。

「這是芸美送我的探病禮物。夾著向日葵髮夾的那個女生，爸爸有看到對吧？」

「很漂亮的女生呢，個子又高。」

芸美的個子很嬌小，爸爸一定是把她跟藝恩搞錯了。

說到漂亮，藝恩是比芸美漂亮沒錯，但藝恩有一個缺點：她只有臉蛋好看，卻腦袋空空。在《聖經》知識問答競賽中，我從來沒看過藝恩答對，芸美則是答一題對一題。說出正確答案的芸美真的好酷。當然，她也有答錯的時候；但連芸美都不知道的答案，其他的小孩更不可能知道了，所以我總是在這種時候舉起手。

爸爸記住了藝恩，卻沒記住芸美，這讓我有點生氣，不過這也是沒辦法的事。我跟爸爸說，芸美站在病床的那一邊，是離開前最後一個來跟我道別的人。

爸爸一邊點頭，一邊拔掉筆記型電腦的插頭；好像是要出去的樣子。這真是太好了。

「回來的時候幫我買一對有花的髮夾。」

「有花的髮夾？」

「就是女生夾在頭髮上的那種啊。我總得給芸美一點回禮吧！」

爸爸摸摸我光溜溜的頭；這是他的習慣。他會把手插進我頭髮裡，像是搔癢般來回撫摸。雖然現在我的頭髮已經掉光了，但爸爸的習慣還是沒有變。

我也有自己的習慣：如果不用手摸著爸爸的耳朵，我就無法安心入睡；從以前就是這樣。但是最近沒辦法這麼做，為了賺我的醫藥費，爸爸得不分日夜地工作。

「達雲喜歡芸美對吧？」

「大家都喜歡芸美啊。」

「但達雲特別喜歡芸美對吧？」

爸爸有時也會惡作劇，就像現在。如果我是他，我一定會假裝不知道；直到目前為止，我已經這麼做過好幾次了；就像有些事情我雖然很在意，但一想到爸爸難以回答的那種尷尬表情，我就問不出口了。

為了怕爸爸忘記，我又說了一次：

「其他的樣式都不行喔！一定要有花的髮夾。」

4

「這次是第二次逾期了喔！」

宋傑誠主任「啪」地將繳款明細表放在桌上，不小心把原子筆碰掉到地上。原子筆滾到他腳邊，他彎下腰，後腦杓感覺到宋主任的視線如利箭般刺來。

他把原子筆放回桌上，說：

「不好意思。」

「不好意思就能解決問題嗎？」

他的目光落在繳款明細表上。宋主任用原子筆在明細表下面圈了又圈。

「我明白，我明白。你一定也有自己的苦衷，但是每次都這樣也不行啊！」

每次？這話未免也講得太誇張了。這兩年來，欠繳醫藥費也只有這兩次而已。但這是自己的事情，跟宋主任無關，說了也只是變成無聊的牢騷。他以低沉的聲音說：

「我會盡快付清的。」

「什麼時候？」

「下次結算日之前應該可以付清。」

「『應該可以付清』？我真沒想到，你居然會說出這種話。我們已經寬限到現在了，就醫院的立場來說，我們已經愛莫能助了。」

「下次結算日之前一定會付清的。」

「一定嗎？」

「當然。順利的話，今天就能付清了。」

宋主任的嘴角一挑，一副不相信「今天就能付清」的樣子。看到宋主任的表情，他更加焦急：

「我今天會收到一筆錢。」

「是嗎？如果能順利的話就好了。你或許也和其他長期住院病患的家屬一樣，覺得我們怎麼這麼不通人情。沒錯，我們的確不通人情，但我們覺得這麼做對病患家屬才是好的。就連付清醫藥費都這麼吃力的話，一定會再欠繳第二次、第三次，到時候不就更沒辦法負擔了嗎？總而言之，下次請務必遵守承諾。」

宋主任像是要強調自己的話似的，用原子筆敲著桌面，接著說：

「如果沒辦法遵守承諾的話，院方也不得不做出決定。」

「決定是指……」

「就是不得不中止所有的醫療行為。院方也不想這麼做……」

只說「中止所有的醫療行為」，並沒有說要趕出醫院。他應該要為這件事感到高興嗎？不過，院方的確有為了要家屬付清醫藥費而把病患當成人質的意味。

※

如果中止治療的話，兒子還能撐多久呢？

短則三個月，最長大概也只有六個月。

孩子第一次發病的時候，閔主任就說過。

是不是非得馬上開始投藥治療呢？他反問。難道沒有其他的方法嗎？可怕的抗癌藥物治療效果是最好的嗎？他對這件事抱持著疑問。但閔主任的態度很堅決，還提出警告，說明不接受藥物治療的話會發生什麼事。就是那個時候，閔主任說出「三個月」、「六個月」的事。

「接受抗癌治療是有可能完全治癒的；不過，仍然有百分之五十的復發機率。」

閔主任通常會同時說出最好和最壞的狀況；至於要相信哪一邊，就是家屬的事，而不是閔主任在意的了。

住院和出院、完全治癒和再度發病，在這不斷重複的過程中，兩年過去了。誠如閔主任所說，接受抗癌藥物治療的兒子活到了現在，所以，如果治療中斷的話……

為了到達和柳真妮約好的地方，他搭乘巴士和地下鐵到市政府前的光化門，再步行前往。這一路上他不斷想著：宋主任決絕的話語，就像一根利刺深深刺進自己胸口。

走進約好的咖啡館，坐在窗邊的柳真妮舉了舉手。他才剛坐下，她便開口：

「你不熱呀？」

他看著柳真妮，不懂她為什麼這麼問。她搖了搖頭，指指窗外：

「你看嘛。根本沒有人跟前輩一樣穿著外套喔！已經夏天了，前輩連現在是什麼季節都沒發現呢！」

自己的確已經大汗淋漓。他不好意思地笑了笑，脫掉外套，放在筆記型電腦上。

「前輩，你臉色不太好呢！而且也瘦了好多，別太勉強自己了。我知道你把達雲的健康放在第一位，但自己的狀況也要考慮一下，可以的話，還是去做個健康檢查吧！」

體重是減輕了不少，像溼棉花一樣沉重的疲憊感也一直無法消失，側腹也常常感覺到針刺般的疼痛，但接受健康檢查這種事，是有閒的人才會去做的。

柳真妮把杯子靠近唇邊啜了一口，接著說：

「達雲的狀況如何？」

「還是老樣子。」

「這什麼爛醫院啊？他都復發幾次了？你要不要換一家醫院啊？」

「是癌細胞難纏，不是醫院的問題。」

「小兒白血病的治癒率不是很高嗎？」

「這應該是最後一次，不會再復發了。」

但願如此；不，他真的相信如此。雖然非解決不可的醫藥費像塊大石沉甸甸地壓在胸口，但這是兒子最後一次復發了。

「說到這個，前輩，你最好去剪個頭髮。」

他低著頭，看著柳真妮留在咖啡杯上的紅色口紅印。柳真妮繼續說著：

「拜託，去剪個清爽一點的髮型，夏天嘛。」

上次和兒子一起去理髮是什麼時候的事呢？

兒子很討厭剪頭髮，他很怕理髮廳的大叔沒剪到頭髮，反而剪到他的耳朵，每次都得連哄帶騙才有辦法帶他去理髮。

但現在兒子是光頭；就算頭上好不容易長出頭髮，也會因抗癌劑的緣故全部掉光。現在兒子照鏡子時，已不再露出哀傷的表情，反而會笑著問：爸爸，我這樣像不像歌星劉承俊？

「前輩，我升上副主任了，雖然前面還要加上『代理』兩個字。」

「恭喜妳。」

「就這樣喔？」

「下次再請妳喝酒。」

「哼，還不知道要等到什麼時候呢！」

柳真妮是他以前任職女性雜誌社時認識的晚輩。他是首席記者，柳真妮則是實習記者，有時會帶著她一起到採訪現場，教她一些實務面的東西。從創意的激發、採訪的要領、企劃案的寫法，到採訪稿的完成。雖然他已經離開那家雜誌社很久了，但和她仍然保持連絡。

現在他已經沒有什麼東西可以教她了。柳真妮儼然已是各家女性雜誌社爭相挖角的對象，說不定需要幫助的反而是他。

這次也是。了解他狀況的柳真妮幫他找了個代筆自傳的工作，今天就是為了此事而見面的。

「李明熙部長比前輩晚一期對吧？」

柳真妮問，把身子往前探。他則坐得很深，背靠在椅背上，點了點頭。

「李部長辭職了，說要跟她老公一起去留學。前輩是不是能來接替她的職位呢？」

「我已經離開業界這麼久了，早就沒有資格了。」

「我跟社長提過前輩，他要你先遞一份履歷表。」

妻子說，要當記者的話，就得當日報政治線或社會線的記者才行。至於月刊甚至於女性雜誌的記者，根本沒有人認得。她曾用強烈的口吻說過。

妻子的抱怨漸漸變成對這份工作的厭惡。既然沒有名氣，那就非得多賺點錢才行。

總而言之，為了賺錢，他開始兼職翻譯，為此他轉職到一家出版書籍的出版社。這家出版社的薪水比雜誌社少，但工作以外的時間卻很充裕，讓他可以利用這些時間從事翻譯工作。他努力翻譯了幾年，賺了錢、買了公寓；然後，在這段時間裡，妻子也離開了。

後來，任職的出版社因為亞洲金融風暴而倒閉，他帶著履歷表到各出版社應徵，卻無功而返。失業的日子持續著，於是他專心於翻譯工作，但由於出版市場已經萎縮，兼職的收入和過去相比，自然也變少了。

外套口袋裡放著履歷表，只要交給柳真妮就好了。現在已經沒有了妻子的抱怨，而他正需要一份安穩的工作與薪水。

但是，他心裡否決了這個提議。在女性雜誌工作常常要加班熬夜，必須把兒子交給別人照顧，甚至偶爾才能見到兒子，不論對兒子來說或者對他自己來說，都是不可能的。如果有代筆自傳的收入，就可以不用離開兒子身邊了。

他並沒有代筆寫自傳的經驗，而且心裡也多少存有偏見：以自己的手寫自己的人生才叫自傳，代筆這種行為基本上就是一種詐欺；只是，他無法無視對方提出的報酬。所以，儘管欺騙是一種不好的行為，他卻沒有拒絕。

兩千萬韓圜[6]。這筆金額足以支付兒子出院前的所有醫藥費用。

6 約相當於新臺幣五十二萬三千元。

他收了百分之十的訂金，開始著手寫作。委託人是名實業家，但一直希望能夠從政。雖然距離國會議員選舉還有一年多，不過對方希望三個月內就能完成，簡直是強人所難。其實他心裡比對方還急，因為就算不能出馬競選國會議員也不會死人。

確切說來，他花了四十五天的時間。除了兒子看病的時間以外，他不分晝夜地敲打著筆記型電腦的鍵盤。曾有一位棋士說過自己是「賭上性命下棋」，他也是抱著同樣的心情；一想到兒子的性命全繫於此，便夜不成眠。經過四十五天的訪問和收集資料，寫了一千五百張[7]的原稿，也瘦了十公斤。

六天前已經交付了稿件，等到審查結束後就可以拿到剩下的金額，而今天就是領款的日子。

「美女當前，居然還想事情想到出神，也太沒禮貌了吧。」

柳真妮用手背敲著桌子，瞪了他一眼。接著從手提包中拿出行動電話放在桌上，遞給他。

「就當做我升上副主任的紀念品。」

他看了看行動電話，又看了看柳真妮。

「多虧了你這個嚴格的前輩，我才能升上副主任；沒有前輩的話，我想我大概沒辦法

7 這裡的「一千五百張」指的是「原稿用紙」的張數。稿紙一張為四百字，一千五百張約為六十萬字。

在女性雜誌界生存下來。」

「真妮，我不能收。」

「不行唷，前輩。」

柳真妮說著，低頭看向自己的咖啡杯，不斷用食指擦拭留在杯緣的口紅印。

「每天都要受一堆人的氣，有時候真的覺得很沮喪，簡直快要變成笨蛋了。如果可以聽到前輩的聲音，我就可以重振精神；可是要跟前輩通電話都得透過一大堆麻煩的轉接。你也知道，我就是討厭麻煩。」

▩

「我得好好請柳記者吃一頓大餐才行呢！」

委託人的祕書長金三中先生說。柳真妮偷偷對他眨了個眼，回答：

「您對作品滿意嗎？」

「會長非常欣賞呢！」

「真是太好了。」

「我也覺得這期的文章和上期相比要好得多了！」

柳真妮察覺不對後，表情一下子變得僵硬。她誤解了金三中的話。

金三中目前為止所談的，都不是他的稿子，而是柳真妮的文章。他也才第一次知道，為了這份代筆自傳的差事，柳真妮兩度為委託人寫專訪的事情。

柳真妮不斷用手指捲著放在膝上的手提包背帶。然後終於開口了：

「自傳的原稿……審查完了嗎？」

金三中從自己的桌上拿來裝有原稿的信封袋，放在几上。

「已經看過稿子了。文章寫得很好，很抒情；不愧是寫詩的人。」

第一次見面介紹他時，柳真妮說他是個詩人。

「雖然如此……」

金三中說得曖昧，叼了根菸，也遞了一根給他。他搖搖手，表示拒絕。金三中吐出一大口煙。

「這裡面只有我們提供的內容，換句話說，他只是忠實地寫出了事實。」

「自傳難道不是這樣嗎？」

柳真妮這麼問著。但金三中搖搖頭說：

「不是的。自傳裡面必須加入與眾不同的特別事蹟，不這樣的話，是不能感動讀者、得到讀者的尊敬的。」

「忠實地寫出事實結果卻不能讓人感動，難道是作者的錯嗎？那是這麼過日子的當事人的問題吧？」

他抓住柳真妮的手腕，說：

「可以具體地告訴我哪裡有問題嗎？」

「有時候可以適度地誇大；必要的話，還得加入虛構的故事。我們希望的是這樣的作品。如果只是寫出事實的話，根本沒必要花這麼多錢特地請人代筆。自傳不是文學作品，文筆和抒情性都不重要。」

「我明白您的意思了。」

「會長根本無視於自傳的基本要點。」

他不想認同金三中的話，不過，這本來就不是可以拿來驕傲的作品，就算是，現在也不是能顧及自尊的場合。

「我再修改。」

「不用了，沒那個必要。」

「……拜託您，再給我一次機會。」

「我知道你很辛苦，所以我也提議過再給你一次機會。但沒辦法，會長的心意已決，他覺得叫一個寫詩的人來編故事本來就很強人所難。」

他應該立即拂袖而去。但是為什麼沒辦法這麼做呢？宋主任的「決定」已經從一根刺變成了一把利刃，刺進他的胸口。

「沒有商量的餘地嗎？」

「已經委託專業的代筆作家了。」

這回換柳真妮握住他的手。她對金三中說：

「我不管你們委託誰，我們只要拿到稿費就行了。」

「稿費？審查通過才會付款，這是常識吧！」

「你以為一千五百張是寫好玩的嗎？」

「要說損失的話，彼此彼此吧？我們不也白付了訂金？」

5

走下貞洞教會前的坡道，他沿著德壽宮的石牆有氣無力地慢慢走著。即使午後陽光直射在腦後，他仍然沒有走進有陰影的地方。

他剛剛才和一位大學同學見面；一位在大企業的公關室工作的朋友。大學的時候，他們一起住了兩年，是不需要說客套話的朋友；不過，出社會之後，一年頂多見三、四次面。並不是有什麼特別的理由才疏遠的，而是彼此的生活方式不同、各自為了生活奔忙罷了。

蔘雞湯喝到一半的時候，對方開口了：

「你記得以前曾經整整兩天沒吃東西，後來一口氣吃掉八碗麵的事嗎？還是那個時候好啊！真懷念那個時候。」

那時候真是窮得可以。對方為什麼會懷念那個時候呢？要把貧窮的過去當成回憶的先決條件就是現在的生活富裕，這就是對方現在的狀況。

對方已經成功脫貧了：有安定的工作、住在四十六坪的公寓大樓裡，在南大門市場還有兩家店面。即使如此，他還是在哭窮。他所說的盡和 IMF（國際貨幣組織）有關：都是 IMF 害的、如果不是 IMF 那些傢伙、都是 IMF 的問題……。說不定，對方在這個瞬間有種回到當時貧窮景況的錯覺。

他一邊聽對方說話，一邊點頭表示回應，但「不要再說該死的 IMF 了！我的孩子沒錢治病，我是來跟你借錢的！」這幾句話卻堵在喉嚨裡，怎麼也說不出口，只能吞進肚子裡。

「今天不用再去健身房流汗了。」

對方一邊用溼毛巾擦汗一邊說，不過他的臉很快就又像附在砂鍋上的雞油一樣油光滿面。

「對了，你的小孩最近怎麼樣？」

雖然晚了一點，不過對方終究還是一副剛好想到似地問起了孩子。他吞了口口水，只是對方並沒有等他回答。

「總而言之，健康是最重要的，金錢倒是其次。如果你已經吃飽的話，我們就走吧！」

對方彎腰繫著鞋帶，而他穿著不用繫鞋帶的皮鞋。他付了兩碗蔘雞湯的錢，一共一萬四千韓圜。「多謝你請客。」對方拍著他的肩說。

離開餐廳之後，他下定決心，終於開了口：

「要不要去哪裡喝杯茶？」

「我得回公司去了，還有廣告代理商在等我呢；好久不見，結果還讓你請客，真是不好意思，下次換我招待你痛痛快快喝個夠。」

他愣愣地望著對方離去的背影，然後，就像完全沒考慮去處就離家出走的人一樣有氣無力地走著。來到德壽宮前，他倚著路旁的銀杏樹，抬頭望著天空；但很快就垂下了頭。

每天都要抬頭看著天空十次以上。要是哪天沒做到，那天就白活了。

這是他大學時代貼在桌子上的座右銘。

為了不要白活，他總是努力仰望天空。看著天空的時候可以整理思緒，他還寫過好幾首以天空為主題的詩作。

只是，不知道什麼時候開始，日子竟然變得連抬頭望一次天空也不可得。靈魂受到歲月之河的蹂躪，沉入河中，不知道飄到哪裡去。就像遠離河岸的一粒沙子，沉積在河口的沙洲；他成為一名女子的丈夫、一位孩子的父親。

那名女子早就離自己而去，而不知什麼時候，孩子說不定也會離自己遠去。現在的確不是能悠然眺望天空的時候。

放在電腦包側袋裡的手機響了，是柳真妮。兩個小時前才從她手上拿到的手機，除了她之外，沒有人知道號碼。手機響了大概十五聲之後停了，他這才拿了出來，定定地看著它，喃喃自語：

兒子就要死了，你做了些什麼？就算是狗也知道不應該拘泥於自尊心，結果什麼話也說不出來，應該要哭著求對方才是啊！

他用力地、一個按鍵一個按鍵地按下電話號碼，沒多久，對方的聲音就流進他耳裡：

「不是才剛說再見的嗎？怎麼了？」

「我現在需要錢，可以借我嗎？」

他只能說出這幾句話，其他的全吞進肚子裡了：你不知道吧，除了你，我找不到別人可以拜託了。

「錢？金融風暴前我還有閒錢，不過最近我連錢的影子都看不到，我也得跟別人借錢過日子呢！」

不論如何，還是相信對方的話吧；為了不讓自己變得更悲慘，還是相信對方說的是真話吧。話說回來，似乎應該覺得感謝，對方並沒有問自己為什麼需要錢。

▩

進入癌症中心的血液腫瘤科主任室後，閔主任問：

「來杯茶如何？」

我最近被茶迷住了。以這句話為開場白，說了一堆和茶有關的話。他對這種不祥預感的折磨非常沒輒。過去閔主任曾請他喝過兩次茶，結果那兩次都接到了兒子復發的通知。

「味道怎麼樣？」

他喝了一口之後，閔主任問。很好喝，他這麼回答。茶也好，或是自動販賣機賣的咖啡也好，對他來說都沒有什麼差別，但閔主任卻又說起了關於茶的事。

「這是智異山的雨前茶中等級最高的無香茶呢！」

閔主任分明是藉著茶的話題顧左右而言他，讓他一直無法進入正題的理由是什麼呢？他終於按捺不住，開了口：

「您叫我過來究竟有什麼事呢？」

閔主任臉上浮現尷尬的表情：

「白血球數一直降不下來。」

「大概是多少？」

「兩萬四千。」

再度住院的時候，惡性白血球的數值是六萬，其中百分之九十是白血病細胞，接受抗癌藥物治療後，數值稍稍降低了一點，但不知道什麼時候開始，數值便不再變化了。就算一直都有投藥治療，數值仍接近正常人的四倍。

「您的意思是要再用更強的抗癌藥物嗎？」

說完之後，他不自覺地深深嘆了口氣。閔主任輕輕搖了搖頭。

「不用藥效最強的藥物看來是不行的，但問題是，藥物和放射線的治療效果都已經到極限了。」

「是說以後會惡化嗎？」

「與其說惡化，不如說以目前的治療方法是無法治癒的。就算完全緩解，還是會復發，這種可能性非常高，這並不是只發生在達雲身上的特例。不斷地復發又復發，最後達雲的身體一定會受不了的，對吧？所以我說如果一直依賴目前所使用的治療方法，要不了多久就會到極限了。」

所謂的極限，就是宣告生命終止。

這話已經不曉得聽過多少次了，早就應該習慣了；但現在他頭上仍然像頂著一塊燒得赤紅的鐵塊，心急火燎地問：

「抗癌藥物和放射線都沒有用的話，應該怎麼辦才好呢？」

「移植造血細胞，也就是所謂的骨髓移植。」

「……」

「就現在而言，這是最好的選擇。」

他可以理解對方委婉地把「最後的方法」說成「最好的方法」。

「骨髓移植分成三種。」

第一種是自體移植。採取自己的骨髓，再移植回去的方法，但是兒子的狀況不適用。

第二種是親屬性移植。兄弟姐妹之中，如果有組織相合性抗原相符的，就可以移植到病患身上；但對沒有兄弟姐妹的兒子來說，也是不可能的。

第三種是非親屬性移植。接受組織相合性抗原一致的他人骨髓移植，但成功率比血親之間的移植要低。

「骨髓移植就像跑長距離的馬拉松一樣：接受移植前，必須忍耐非常痛苦的治療；移植後，說不定會比接受抗癌藥物治療的時候還要痛苦上好幾倍。除此之外，移植還會有副作用帶來的風險。既然目前的藥物治療都沒有成效，身為主治醫師，我才會提出接受骨髓移植的建議；當然，首先要解決的問題就是找到適合的骨髓……」

「得經歷多痛苦的治療呢？」

「最辛苦的階段必須施以比目前強十倍的抗癌藥物；放射線也是，依狀況不同，可能不只要針對局部照射，甚至得做全身照射才行。」

兒子連對目前的藥物治療都快受不了了，竟然還要比現在強十倍？不可能的，不，是太殘忍了。除此之外，為了完全治癒而接受全身放射線照射，這意味著兒子永遠沒有為人父的機會。

他覺得自己非得斷然拒絕不可，但他卻說出完全不同的話：

「成功的機率有多少呢？」

閔主任通常會以數值來說明存活率，但用數值來衡量人的生死是否妥當？他總是對此感到憤慨與無法接受，但另一方面卻又依賴這些數值。只不過，閔主任對他的疑問置若罔聞。

「坦白說，完全治癒的機率究竟有多大，必須看移植的骨髓是否能平安地在體內生存下來——我們稱之為『生成』——然後，如果能克服移植所產生的副作用，才能算是完全逃離白血病的魔掌。」

雖然閔主任無疑地是在陳述希望，但他卻在希望的面紗裡看見了潛伏其中的絕望。如果移植進去的骨髓能夠生成的話、如果可以克服移植的副作用的話……

閔主任品了一口無香茶後說：

「如果鄭先生同意移植的話，我就要拜託骨髓銀行幫我們尋找合適的骨髓了。」

「如果我不同意，又會如何呢？」

「那就只能繼續目前的治療了。」

「繼續沒有效果的抗癌藥物和放射線治療？也就是說，我根本沒有選擇的餘地對吧？」

「請容我先提醒您，骨髓移植的費用是相當高的。」

「大概要多少？」

「基本上會根據有無合併症[8]而有所不同，但三、四千萬韓圜是跑不掉的。」

6

有個叫「尖尖姐姐」的護士阿姨。

她的下巴就像剛剛從削鉛筆機裡拿出來的鉛筆一樣尖，所以我給她取了這個綽號。尖尖姐姐的心也很尖，完全不輸給她的臉。她總是用她那顆尖銳的心刺傷我們二〇一號房的病人，剛剛她就刺傷了爸爸。

剛才爸爸從外頭回來，尖尖姐姐正在幫承鎬量血壓，一看到爸爸，尖尖姐姐馬上對爸爸怒吼起來：

8 醫學上「合併症」（comorbidity）與「併發症」（complication）的意義是不同的。合併症和併發症雖然都是因為一種疾病在發展過程中引起了另一種或多種疾病，但有因果關係的，才能稱為併發症（如消化性潰瘍併發胃穿孔）；沒有因果關係的稱為合併症（如分娩合併原發性高血壓）。

「大叔，你以為我們是幫別人把屎把尿的人嗎？」

沒有人會叫爸爸「大叔」。他們都稱呼他「達雲的爸爸」或「鄭先生」。

爸爸是個沉著冷靜的人，而且還是個詩人；我跟我們病房的人，還有醫生護士說我爸爸是個詩人。爸爸並不太在意自己是不是個詩人，但我可是對爸爸感到很驕傲呢，畢竟詩人不是誰都能當的對吧？

尖尖姐姐抬高了尖尖的下巴說：

「沒辦法照顧孩子的話，就找個看護嘛；我已經幫你兒子處理了三次大便了，你知道嗎？不是一次，是三次！」

爸爸對尖尖姐姐道歉了好幾次。不會再發生這種事了，他這麼說著。

爸爸是笨蛋。爸爸根本沒有必要向尖尖姐姐道歉啊，她早就把我罵了個狗血淋頭，再說她根本沒把我的屁股擦乾淨。

爸爸轉向我。

「我真的不知道自己有拉肚子；肚子又不痛。我真的不知道，是他們說有味道我才曉得的，三次都是。」

爸爸只是靜靜地看著我，沒有生氣；這麼說來，我從沒看過爸爸生氣。我還以為爸爸是個不知生氣為何物的人，但這樣的爸爸看起來有點奇怪。

「爸爸，對不起，不會再有下次了。」

這話雖然不算什麼，但什麼壞事都沒做的爸爸卻被尖尖姐姐罵了一頓，把大便拉在褲子裡的我總得說些什麼才對。

爸爸突然發火了。

「對不起又怎麼樣？為什麼要做這種非讓我跟別人道歉不可的事情？你幾歲啦，長這麼大了還不曉得怎麼上廁所嗎？」

我頓時感到喘不過氣來。我根本不敢正眼看爸爸，沒辦法，只好面對牆壁躺下來。聽說住在叢林裡的變色龍可以看到自己的背後，應該是因為牠凸出的眼球可以到處轉吧！我不是變色龍，所以看不到爸爸的模樣。但我可以感覺到爸爸盯著我的視線，一會兒之後，爸爸離開了病房。

好傷心。每次傷心的時候，我都努力讓自己睡著；雖然努力讓自己睡著，但不見得每次都有效。我閉上眼睛，思考爸爸為什麼會生氣。以前我也曾拉在褲子上，甚至還闖過比這更大的禍，也曾經把不想吃的藥丟進馬桶裡，結果被爸爸逮個正著。即使如此，爸爸也總是笑咪咪的。

媽媽就不同了。

以前我還沒什麼力氣，也做了不少蠢事：動不動就摔跤，不然就是把杯子打翻，總而言之，媽媽老說我是個沒出息的孩子。只要我一做錯事，媽媽馬上就會生氣。有一次我吐在新買的沙發上，結果挨了一頓揍。

我不願意想起媽媽的事，很久以前我就決定不要媽媽了；當然，並不是一開始就這樣。

那是我還在念幼稚園的時候。某天之後，就再也沒看過媽媽了，爸爸說媽媽為了學畫畫到法國去了。

我纏著爸爸買了個地球儀，在地球儀上找到法國的位置，每天每天都看著法國，就算閉上眼睛，我也能指出法國在哪裡。那個地球儀在我第一次出院回家的時候送給了鄰居家的小孩。

▩

「達雲，睡了嗎？」

我似乎瞇了一會兒。爸爸的手放在我肩上。

爸爸抱起我走到廁所。難道我睡著的時候又拉在褲子上了嗎？我馬上摸摸屁股，還好沒事。

和平常一樣扶著洗手檯，沒多久就感覺到有熱水沖洗著我的屁股。尖尖姐姐用衛生紙隨隨便便擦過的屁股應該慘不忍睹吧！

爸爸的手弄得我好癢，我忍不住扭了扭身子。爸爸問：

「你想過爸爸為什麼生氣嗎？」

結果我還沒想出原因就睡著了。

「我不是因為你拉在褲子上三次才生氣。爸爸知道這是達雲自己也沒辦法控制的事情；沒錯，達雲並沒有做錯什麼。但你卻說了『對不起』，而且還是對爸爸說。爸爸又不是外人，我不喜歡這樣。你了解爸爸的感覺嗎？」

我真的了解爸爸的感覺。

我很想這麼回答，至少，點點頭也好；但眼淚卻毫無來由地掉了下來，我只好更用力地抓住洗手檯。

我忘了是什麼時候，爸爸曾經說過：因為身體疼痛而哭泣並沒什麼大不了的，並沒有什麼好見不得人的；但是，如果因為悲傷而哭泣，可就不是男子漢該有的行為。

我真想告訴爸爸，和身體的疼痛相比，心裡的悲傷其實更教人難以忍受，也因此，悲傷的眼淚才會這麼難以忍耐。真希望爸爸可以了解。

現在，我枕著爸爸的手，和他一起躺在床上。

已經好久沒像這樣和爸爸一起睡了。爸爸總是把筆記型電腦放在我的床上，坐在陪病床上工作；可是今天不知道為什麼，爸爸並沒有拿出筆記型電腦。

「爸爸，你不用工作嗎？」

「爸爸今天想休息；難道爸爸工作比較好嗎？」

我緊摟住爸爸的脖子代替回答。我很清楚，爸爸總是拚了命在工作。我的睡眠很淺，一個晚上會醒來好幾次，每次醒來都會看見爸爸在敲著電腦鍵盤。沒錯，世界上應該沒有比爸爸更熱衷工作的人了。

有時候我不免這樣想：爸爸的快樂到底是什麼呢？對老是在工作的爸爸而言，工作快樂嗎？

我終於開口問了我一直很在意的事情：

「有幫我買花髮夾嗎？」

「花髮夾？」

「今天早上你答應幫我買的。」

「要當成禮物送給芸美的髮夾嗎？爸爸忘了呢。」

「……沒關係。」

雖然我這麼說，但卻不自覺地深深嘆了一口氣；如果明天芸美來探病的話，可就真的麻煩了。

爸爸突然坐起來。

「來看看有沒有耳垢吧！」

「昨天不是才掏過耳朵嗎？」

「沒關係啦，讓我看看。」

爸爸盯著我耳朵裡頭說：

「有好大一塊耳垢呢！太大了，不知道掏不掏得出來。」

為了要親眼看看那耳垢究竟有多大，我立刻把手攤平放在胸口。既然耳垢和鼻屎一樣都是髒東西，為什麼掏出大塊的耳垢會讓我覺得高興呢？我實在不明白。

「哇，這麼大塊呢！」

爸爸放在我手中的，並不是耳垢。

兩枚花髮夾。上面鑲著好多好多像芝蔴那麼小的玻璃珠，中間開著一朵粉紅色的波斯菊。我想雖然芸美有這麼多花髮夾，但裡面絕對沒有比它們漂亮的。

爸爸果然是爸爸，絕對不會忘記我們的約定。

只要是跟我勾過手指約好的事情，爸爸一定都會遵守；只有一次沒做到，上次出院的時候我們說好的，絕對不要再來醫院。但這不是爸爸的錯，爸爸只是承諾了自己做不到的事情。病自己復發了，而我的病是醫生也治不好的。

我把花髮夾湊近眼前看了又看，這時爸爸又挨著我躺了下來。

「達雲喜歡芸美對不對？」

「爸爸……大家都喜歡芸美啊。」

「芸美還會來嗎？」

「那是芸美的事。」

「芸美如果不來，髮夾要怎麼辦？」

「去教會就看得到她啊，芸美一定會去主日學的。」

「要去教會的話就非得出院不可了。」

爸爸輕輕嘆了一口氣。達雲，他喊著我的名字。可是他什麼話都沒說。而我還是一直盯著髮夾。

爸爸再次喊了我的名字。

「我們出院好嗎？」

我每天都吵著要出院，爸爸總是裝做沒聽到。但為什麼爸爸一說出「出院」兩個字，我胸口卻「噗通」一地震了一下呢？

我連忙想著爸爸之所以改變心意的理由。

是治療突然結束了嗎？還是因為醫院已經沒辦法再施予什麼治療了？真是的，我完全想不到。重要的是……是啊，爸爸的想法說不定還會再改變。

「我們出院吧。明天就出院，我們說好了對吧，爸爸？」

爸爸終究沒有回答我。

第二章　夏至

1

你虛度的今天，對昨天死去的人而言，是希望繼續活下去的明天。

兒子床頭的牆壁上，用黑色原子筆寫著這麼一段話。

不曉得是誰寫的，也不曉得是什麼時候寫的，更不曉得有多少躺在這張病床上的病人曾默默地看著這句話。

再次住院那天，兒子曾經問過：

「爸爸，這是什麼意思？」

他無法如實對兒子說明；不，應該是刻意迴避才對。他心想：只要看到牆上的這句話，任誰都會決心不再虛度光陰吧。然後他又想到：寫下這句話的人是否還記得這句話？還是早已加入了「昨天死去的人」的行列？

死亡。與此世訣別。

就好像一扇門突然打開似的，死亡總是在一瞬間發生；他所知道的死亡都是這樣。當兵時曾目擊槍枝走火的事件、兩起交通意外、和肺癌纏鬥數年的友人父親之死，全都是在一瞬間發生的。

他對死後的世界毫無期望，但兒子可不一樣。

「我希望爸爸可以去教會。」

兒子以非常擔心的表情說：

「不信上帝的人是無法上天堂的。人都會死的對吧？難道爸爸死後見不到我也無所謂嗎？」

兒子對另一個世界抱持著期望也是好事，期望可以減輕目前所受的痛苦，多多少少也可以減輕離開這個世界的恐懼。

兒子開始上教會是在第一次判定痊癒的時候，這應該是受到同住在雙人房裡三個月的詠婕影響吧。

他把視線從牆上收回來，移到兒子身上。

兒子直到天快亮才睡著。孩子一整夜都不舒服：高燒近四十度、出現了呼吸困難的症狀，還吐了好幾次。這個時候，他還要檢查兒子的嘔吐物，一旦發現裡面有抗癌藥物，就必須再讓兒子服下一整把的藥。

二十二顆藥錠。他不斷喃喃自語：如果兒子能活到和藥錠數量一樣的年紀，不多不少，就是二十二歲的話，他便再無所求了。

喝一口水，吞一顆藥……花了將近三十分鐘，終於把藥全部吃下去了，但是才過十分鐘，兒子便又全部吐了出來。

兒子全身顫抖，哭著說不要再吃藥了；但他想自己非冷靜下來不可，牙一咬，不斷重複著同樣的動作。自己為什麼會這麼冷靜呢？但就算他覺得困惑，手仍然沒有停下動作。

兒子的身體掙扎了一下，嘴裡低聲呻吟著。

前天和昨天兒子都吵著要出院，但他都非常乾脆地拒絕了；只是，他心裡有一種感覺：再要不了多久，他就會裝出一副拗不過兒子的樣子，決定出院。

說好的結算日已經過了，昨天下午果然被宋主任叫去。走向出納室的路上，塞滿他腦子的並不是眼前的醫藥費，而是比這費用多出十倍以上的三、四千萬韓圜。

唯一的治癒可能——骨髓移植。如果不接受骨髓移植的話，兒子最後一定會死的；但他連眼前的醫藥費都不知道要如何籌措，簡直就像是在廣大的沙漠中迷了路，雖然知道自己非得向前走，卻一步也無法前進。這就是現在的他，一個忝為父親的人、一個無能的父親。

一看見他走進出納室，宋主任劈頭就說：

「明天起中斷所有治療。」

「不好意思，我會盡早付清所有費用的。」

宋主任冷哼了一聲，把臉別過去，似乎在嘲笑他：就因為這麼一點錢，居然要害兒子送命？

他再一次厚顏拜託，但是宋主任一直對他不理不睬。現在明明就是不得不低聲下氣求人的時候，他卻突然發怒了：

「中斷治療是想讓我兒子死嗎？」

宋主任這才抬起頭說：

「所以要守約才行嘛。請你站在我們經營醫院的立場想想吧；如果你是我，你能一直等下去嗎？」

「拜託你，再給我一點時間。」

「你真是莫名其妙，我不是已經給了你很充裕的時間嗎？」

「我會賣房子的。」

可以賣的房子早就沒有了。兒子第一次住院的時候，就把三十二坪的房子拿來「傳貰」[9]了；去年再變成月租式，將來要還給房客的押金也早就拿來付醫藥費了，所謂的「賣房子」也不過是租房子的押金罷了。而他目前所住的是押金五百萬韓圜、月租金三十

9 「傳貰」是韓國特有的物權制度，所謂的「傳貰」就是房客在簽約入住前，交給房東一定額度的押金（傳貰金，約為該房產價格的六至七成），合約期滿後，房東則將全部的傳貰金返還房客。房客不須再繳納任何租金，而房東則可以運用這筆金額轉投資或生孳利息等。

萬韓圜，位在社區式公寓半地下室的其中一間房子。就算退租拿回押金，扣掉遲交的三個月房租，也無法付清所有的醫藥費。

宋主任搖搖頭，說：

「房子哪是想賣就可以馬上賣掉的……沒辦法，還是先找保證人吧！」

宋主任特別強調，不設保證人是醫院的方針，而現在這麼做是考慮到他的特殊狀況。「必須找兩位所得稅繳納金額在十萬韓圜以上的保證人。」

一個人就夠難找的了，還要兩個？但他什麼都沒說。他沒有什麼廣結善緣的能力，要他馬上找到兩個保證人，簡直比登天還難，他卻不能面露難色。

他走出納室，背後傳來宋主任說再給他幾天時間的聲音。

2

我討厭承鎬。

我知道討厭別人是不好的事，但討厭就是討厭，那也是沒辦法的事。

承鎬和我一樣是三年級。我曾經好幾次問他是不是真的念三年級，因為說實在的，我沒見過像承鎬那麼笨的三年級學生。

我教他玩西洋棋至少教了十次，可是他連騎士要怎麼走位都不曉得，真是受不了。而且不只是西洋棋，就連比西洋棋簡單的樂高他也玩得不好。

承鎬有一組海盜船的樂高模型，超酷的，而且也很貴，大概要十萬韓圜以上。但不管再棒再貴都沒有意義，他拼出來的海盜船看起來倒像是遇難船，而且他老是把虎克船長放在船尾。真的從來沒見過像他那樣的笨蛋。

我跟他說過了，海盜船上最厲害的就是船長，一定要放在船頭指揮船員才對，而且說明書上也是那麼寫的。

承鎬不但很笨，也很倔強，說那是他的東西，愛怎麼組合就怎麼組合，隨他高興。反正那不是我的樂高，是承鎬的；但他剛剛居然用虎克船長打我的頭，我無論如何都嚥不下這口氣。

我決定以後絕對不要再跟承鎬玩了，不過我知道這個決定不會維持太久；像這樣發誓也不只一次兩次了。我這間病房裡除了承鎬以外，沒有其他可以一起玩的伴。我隔壁是一個兩歲的小男孩，承鎬的隔壁則是一個自以為很了不起的中學女生，兩天前才剛住進來的。

「達雲，請吃西瓜。」

承鎬的媽媽拿著裝有兩片西瓜的盤子。真是謝謝，但我仍然緊閉著嘴巴，只是摸著剛剛挨了承鎬一記的頭。

「因為承鎬正在做化療的關係，達雲，就請你多體諒一下。」

我也做過化療啊！

腳踝、膝蓋、腰、手腕、胸口和額頭全都要用安全帶固定起來，那瞬間覺得自己好像壞掉的機器人似的。旁邊沒有任何人，只看得見放射線儀器的光，雖然可以透過麥克風聽到醫生的聲音，但還是非常恐怖。為什麼我又想起做化療的事情呢？真是不吉利。

「承鎬好像想繼續跟達雲玩樂高呢！」

「我不想玩了，樂高好無聊。」

「那，要下西洋棋嗎？」

叫我跟那個笨蛋一起？我默默地搖了搖頭。是承鎬不好，沒必要搞壞承鎬媽媽的心情；承鎬的媽媽是個非常好的人。

承鎬的媽媽摸摸我的頭，轉過身去。

我羨慕笨蛋承鎬的地方有兩個：一個是海盜船樂高，一個是承鎬的媽媽。

我曾經為此生過上帝的氣。如果說上帝對每個人都是公平的，那為什麼我沒有個像承鎬媽媽一樣的媽媽呢？

但後來我心裡想：不是我自誇，我的頭腦比承鎬聰明一百倍。比我笨一百倍的承鎬應該也有什麼比我還厲害的事情吧，這樣才是上帝所說的公平啊！所以上帝給了笨蛋承鎬海盜船樂高，又給他這麼棒的媽媽。

不過我還是覺得不滿。如果上帝要我在聰明和溫柔媽媽之間選一個，我想選溫柔的媽媽。

要是知道我的想法，爸爸說不定會很傷心；但我也有話要說：如果我有一個溫柔的媽媽，爸爸就不用一個人這麼辛苦了。

3

自從開始翻譯以來，已經出版了許多本書。小說、散文、傳記，從毫無價值的處世雜文到生活實用書籍都有。

只要是出版社委託的翻譯，一律照單全收；他是個親切又好說話的譯者，至少，就出版社的立場而言是這樣。他從來不拒絕稿件，也從來不拖稿。

這兩本小說也是出版社委託的稿件，但出版社卻突然消失了，他一毛錢也拿不到。譯稿已經在他的電腦裡放了兩個月，而他也拿著譯稿找過七家出版社了。

「鄭先生也知道，最近的出版市場很不穩，小說更是首當其衝。」

這是曾經邀請他擔任主編的名人出版社洪仁洙社長說的話。連他都這麼說的話，大概就沒什麼希望了，得再去找第八間出版社才行。他背起筆記型電腦，說：

「如果有翻譯的工作，請告訴我。」

「先這樣吧，如果有的話再跟你說。現在八成的出版社都倒了，剩下的出版社只要還能活下去就滿足了，事實就是這樣；想出版一本書，至少得確定不會賠錢才行。」

離開社長室，經過編輯部的時候，門突然打開了，他停下腳步看著來人。他還沒來得及開口，來人便朝他伸出手：

「這不是鄭浩然嗎？幾年沒見了？」

是尹國成，國文系畢業的。雖然念不同系，但他們是同一個社團的社員。大學畢業後最後一次見面，是在尹國成結婚的時候。

國成硬是把才走出社長室的他拉走，他馬上就知道國成出現在這裡的理由了。

「小舅子，等等我呀。」

也就是說，洪社長是國成的姐夫了，運氣好的話，漫長的出版社巡禮可以在這裡結束。他開始緊張。

國成對社長介紹兩人的關係，好像回禮似的，他也說了幾句稱讚國成的話。對社團活動非常積極的國成，去年以詩人與評論家的身分接受文學雜誌的推薦，根據刊登在雜誌上的簡歷，當時國成在母校念博士班。

國成收斂了笑臉，問：

「這幾年都沒看到你寫的詩，是不寫了，還是暫時沒發表？」

「寫不出來了。」

他不說其他的藉口，就是希望國成不要再追問；但國成完全不了解他的意圖。

「連你都寫不出來的話，還有誰寫得出來？」

他只有苦笑的分。事實上，連他自己也不知道自己是不想寫呢，還是寫不出來了？他並沒有打算不再寫詩，但也想過，自己就算不寫也沒什麼關係。如果說，詩曾經是他生存下去的理由，當他找到另一個生存下去的理由時，就不用寫詩了。這「另一個理由」就是妻子、兒子，以及與他們兩人共築的人生。

洪社長盯著他看了一會兒，問：

「目前為止，你發表了多少詩作？」

「大概五、六十首吧！」

二十五歲那年，他以十三首詩獲得了文學雜誌的新人獎，在那之後的三年內，他開始在報紙、各種文學雜誌上發表許多詩作，當時還受過許多擔當不起的讚美。

「要不要在我們出版社出本詩集？做得好的話，詩集也是很有利潤的呢！與其辛苦翻譯那些不入流的小說，還不如聽我的話，如何？」

在連做夢都寫得出詩的極盛期裡，曾有好幾家出版社想出版他的詩集，但他極力拒絕，當時他覺得自己的詩還不夠成熟，出詩集一事為時尚早。然後，沒有任何詩作的幾年過去了，應該不會有人注意他了吧；不，他的名字應該已經被人遺忘了吧。

洪社長熱衷地談論著最近的出版趨勢，說暢銷書中總有三、四本是詩集。另一方面，他卻對洪社長到底有沒有讀過自己的詩抱持疑問。

「首先呢，先寫二十首浪漫的詩吧，唉呀，就是那個呀，少女情懷的那種詩。什麼戀啊愛啊，離別淚水之類的，最近那種詩賣得很好；至於那種文學性的詩，出版的同時就等於滯銷了唷！」

他瞄了國成一眼，國成朝他露齒一笑，他趕緊別過臉，卻不知道應該把視線放在哪裡。

「把這種唯美的詩放在前面，再加上吸引人的書名，封面的話，簡單加上一朵花就可以了。」

國成聽了洪社長的話之後說：

「這和浩然的風格完全不同呢，姐夫。他的詩都是出自對人生深刻的觀察呀！」

「我不是在說他目前為止所寫的詩，我是說，就市場考量，寫二十首左右的詩，觀察可以不要那麼深刻嘛。難道不對嗎，鄭先生？」

「這個嘛，我也不知道我能不能寫出這種詩。」

「不要想得那麼嚴重，也不需要那麼深刻，以鄭先生的才能，三、四天就能寫好吧！還有什麼問題嗎？」

才換到附近的咖啡廳，國成馬上開口：

「你真的要出詩集嗎？」

他並沒有很明確地回覆洪社長，也就是說，他並沒有斷然拒絕。他像站在岔路口，無法決定該往哪個方向前進。

過著活一天就要受一天屈辱的日子，自己究竟是怎麼落到這麼悲慘的地步呢？即使和世界之間的磨擦越來越深，他還是想和這個世界和解，或者說是「妥協」。他相信靠著和解或妥協，可以幫助兒子。

「你的期望到底是什麼？是單純想出詩集呢？還是需要錢？」

「如果可以出詩集又能賺錢，不是很令人高興嗎？」

對於他毫不在乎的回答，國成張著嘴遲疑了一下，瞪著他說：

「你變了好多，我無法和過去的你聯想在一起。如果別人跟你說這種話，你應該早就生氣了。」

「誠如洪社長所說，不過是寫幾首浪漫唯美的詩，有什麼好大驚小怪的？」

「你知道我為什麼放棄詩，轉攻評論嗎？鄭浩然，就是因為你呀！我承認我再怎麼努力都寫不出你那樣的詩；是啊，你的詩真的很棒，棒到教人生氣。為什麼你現在竟然要寫這種無趣的詩？你讓我好失望。我不知道你為什麼沉寂了這麼多年，總而言之，你繼續寫詩吧！不是無趣的那種，而是寫像以前那樣的、真正的詩。」

「我不知道還能不能寫出像過去那樣的詩，或許只有現在，或許連以後都是，總而言之就是不寫。寫些風花雪月的句子還差不多。」

「『不寫』？理由呢？」

理由？因為兒子病到快死了。難道要在孩子身邊琢磨詩境，還能用詩的語言表現出來？所以，我只要錢，如果能用那筆錢治好兒子，就算再怎麼無聊的事情我都辦得到。

但是，他什麼都沒有說。國成開始滔滔不絕地說起社團朋友們的近況。趁著話語稍歇，他說起特地把國成帶來咖啡廳的理由。

「我想把詩集賣掉，如果你肯買下的話，我會很感激。」

出社刊的時候，國成常常到他的房間去玩，就為了看他珍藏的詩集。那時候國成曾好幾次拜託他把詩集賣給自己。

那是他省吃儉用才買到的收藏。為了買這些詩集，他一邊念書一邊做粗重的工作；夏天跟著漁船出海，冬天深入山林。那是個相信置身在這些詩集中便是幸福的年代。

大部分的詩集都是初版書，也有好幾本是珍希孤本。還有三、四本三〇年代卡普派[10]詩人的手稿，和戰時發行的早逝詩人遺稿。

國成問：

「賣詩集？怎麼好像在做什麼重大決定似的。你真的再也不寫詩了？」

「我覺得由你收藏會更好，對你的研究也多多少少會有幫助。」

如果賣掉那個家，就沒有保存的空間了，這就是現實。

---

10 KAPF（朝鮮無產階級藝術同盟），成立於一九二五年，建立了韓國的左翼文學。

4

什麼都覺得討厭，什麼都覺得煩。

床底下好像有個會把我的身體吸進去的黑洞，就跟把星星吸進去的宇宙黑洞一樣。這種時候最好什麼都不要想。

但我的腦袋裡卻有好多好多念頭。

都是真妮阿姨害的。只要阿姨一來，我就會開始胡思亂想。

真妮阿姨不是我們家的親戚，而是爸爸的晚輩。晚輩並不只有女的，但會來找爸爸的晚輩裡，只有真妮阿姨是女的。

我跟大人都處得很好，因為我知道什麼話可以讓大人們高興。但我跟阿姨卻怎麼也處不好。就像玩樂高的時候，在虎克船長的身體裝上部下的頭那樣笨拙。說不定，我這輩子都沒辦法跟真妮阿姨處得好。

阿姨已經在我的床上坐了一個多小時。

我維持著原來的姿勢，阿姨也是，我們就這樣大眼瞪小眼地過了好久。說真的，我沒有什麼話想跟她說的，況且，我覺得很不舒服；阿姨來了以後，我連吐了五次，連膽汁都吐不出來了。

「哇，好可愛的髮飾喔。」

阿姨拿起放在《愛麗絲夢遊仙境》上的花髮夾。她左看右看，用一副很不可思議的樣子看著我；我覺得要跟阿姨說清楚才行。

「那是要送人的禮物。」

「給誰的？」

「給朋友。」

如果是詠婕姐姐問我的話，我一定會把芸美的事全部告訴她，因為詠婕姐姐了解我。

「可以借我夾夾看嗎？」

不行啦，不行——

我的喉嚨像是突然卡了根魚刺，什麼話都說不出來，就在這個時候，阿姨已經把髮夾夾在自己頭髮上了。

「怎麼樣，好看嗎？」

我點點頭，但心裡好難過，就像那次在日記本裡看到老師的字一樣：達雲下了很了不起的決心呢，希望你能朝著目標好好努力。我已經記不得自己到底下了什麼決心，反正，在那之後，我絕對不再把自己的祕密寫在日記上，絕對不再當做這種事的笨蛋。

阿姨從手提包裡掏出隨身鏡，看著自己的樣子。

第一個夾上這對髮夾的人應該是芸美。但我改變了想法：讓阿姨戴一次也不會怎樣，而且先讓阿姨試戴過後，就可以知道芸美適不適合這對髮夾了。

阿姨的頭髮是不需要夾髮夾的短髮。雖然如此，波斯菊髮夾夾在短髮上也挺漂亮。這樣我就放心了，這對髮夾夾在芸美的長髮上一定更適合，芸美戴起來一定比阿姨還要漂亮。

阿姨拿下髮夾，放回原來的地方。她看看手錶，發出一聲短嘆；她在等爸爸。阿姨老是拿我當藉口，但事實上她是來看爸爸的。

爸爸連著幾天老是往外跑，也不知道在忙什麼，早出晚歸的。已經過兩點了，不跟阿姨說一聲不行。

「爸爸他晚上才會回來。」

「嗯，現在他正在回來的路上。」

「阿姨怎麼知道？」

「我剛剛跟他通過電話了。」

剛剛爸爸打電話到病房的時候，阿姨還沒有來，那時候爸爸明明說他可能會晚點回來的。

我知道大人常常說謊，可是沒有人像阿姨這樣，一說謊馬上就露出馬腳。大人都是說謊高手，要拆穿他們的謊言都需要一些時間。

我看著阿姨，阿姨卻對著我笑。她說：

「不相信的話，你打爸爸的手機。」

「手機？」

阿姨把手機號碼一個一個念給我聽，但這些數字一個也進不了我的腦袋，不，是我根本就不想記得。

我轉身面向牆壁躺下來。突然覺得自己好像不是爸爸的兒子了，氣得頭都快炸了。

我總是要求自己只花少少的時間想芸美的事，我當然希望可以每分每秒都想著她，雖然這是我的自由，誰也管不著，但我總覺得這樣會對不起爸爸。爸爸腦中總是想著我的事情，我也應該一直想著爸爸的事不是嗎？

可是我好像搞錯了。爸爸連買了手機都不跟我這個兒子提起，卻把電話號碼告訴阿姨。

爸爸為什麼要這麼做？難道對爸爸來說，阿姨是這麼重要的人嗎？

「妳覺得我爸爸怎麼樣？」

「什麼意思？」

「我想問的是：妳愛我爸爸嗎？」

「愛？」

哈哈哈。大概是察覺自己笑得太大聲了，阿姨連忙摀住嘴巴，然後瞄了我一眼。

「『愛』這種話是大人用的，小孩子應該說『喜歡』。」

「我才不是小孩子。再說，『喜歡』和『愛』是不一樣的，根本不一樣。」

「哪裡不一樣？」

「爸爸說過，你可以『喜歡』一隻狗，可是沒辦法『愛』一隻狗。」

爸爸還說過，愛是奉獻自己的一切，絲毫不覺得可惜，就算是性命也一樣。

我覺得爸爸說的是對的，我們不可能為了一隻狗去死，而耶穌愛我們，不只是喜歡；如果只是喜歡，根本就沒有必要被釘在十字架上而死。

「我跟你爸爸這麼要好，達雲是覺得開心呢，還是討厭？」

我沒有說實話，因為如果說了，阿姨的自尊心說不定會變成丟進垃圾桶裡的衛生紙；但即使如此，我還是想弄清楚事實，所以我說出憋在心裡好久的話：

「妳要跟爸爸結婚嗎？」

「你為什麼會這麼想？」

「阿姨真的要跟我爸爸結婚嗎？」

「……」

「我先說，怎樣我都無所謂。」

我覺得自己好像突然長大了，就像一個晚上就長到天上的豌豆樹，變成了擅長說謊的大人。

阿姨只是笑著，好像在說她早就知道我那一點心思似的。

5

「今天是夏至呢，前輩。」

坐在對面長椅上的柳真妮打破了長長的沉默。

已經是黃昏了，夏至的長日將盡。真是疲憊的一天啊，把詩集交給尹國成，用交換來的錢付清了積欠的醫藥費。當裝著詩集的一噸重卡車離開的時候，他覺得自己的一部分好像消失了似的。

「安地斯山脈有一座山，叫做巴魯德米爾，夏至的時候，住在那裡的人都會登上山頂，如果能在日落前登頂，對著夕陽說出愛的告白，戀情必能成真。如果這種傳說是真的，那愛還真是意外簡單的一件事呢，對吧，前輩？」

他心不在焉地點點頭，卻下意識地避開黃昏的景象。說不定等不到明年夏至了，兒子和他都是。

柳真妮長長嘆了口氣，說：

「等了你四個小時，好不容易看到前輩。我們就這樣坐了一個小時，這段時間裡，前輩只說了三句話：妳好嗎？怎麼來了？吃過飯了嗎……你不覺得太過分了嗎？」

「這樣啊，抱歉。」

「一開始就別做需要道歉的事。我第一次聯絡採訪失敗的時候，前輩跟我說過這樣的話。那時候我心裡想：少說得那麼冠冕堂皇，總有一天你也會說『對不起』這種話。可是我在你手下工作的時候，從來沒聽你這麼說過；倒是最近聽到有點膩了……達雲問我，是不是打算跟你結婚？」

柳真妮別過頭去，夕陽餘暉灑落在她臉上，視線左右游移著。

「那小子有時候就是會這樣人小鬼大的。」

抱歉。原本想加上這一句，他尷尬地笑了笑。

「前輩怎麼想？」

「……」

「還忘不了達雲的媽媽？真的是這樣嗎？我還得等多久才行啊？」

「真妮，我是在婚姻路上摔過一次的人。」

「問題只有這樣嗎？」

「妳知道的，我現在沒有心思想其他事情。」

「我知道前輩腦子裡只有達雲；但是，達雲痊癒之後呢？」

「妳真的是個很好的人……我想像現在一樣，跟妳當好朋友。」

他沒有說出口的是：如果還能再愛上誰的話；如果真的還有第二次機會的話，那個人應該就是柳真妮。但是他選擇了沉默。而柳真妮也什麼都不再說，兩個人就各自占據著一座小島，島和島之間隔著幾乎滿溢的沉默之海。

柳真妮站了起來。

「等到達雲病好的時候，我希望能聽到前輩對我說那句話；達雲說，小狗可以喜歡，卻不能愛。我也應該別再當一隻可憐的小狗了。」

柳真妮從皮包裡拿出一只信封便離開了。長長的夏至白日已盡，黑暗如侵略者紛然湧至。

他拿起信封，裡面有兩張面額一百萬韓圜的支票，還有代筆自傳委託人所發出的收據。他大概可以猜到，柳真妮為了拿到這些錢，跟金三中起了多少爭執。

6

「韓國對骨髓移植的了解實在不足，真是太糟糕了。」

在候診間的椅子上坐了一個多小時，終於聽到閔主任說了這麼一句話。

要找到組織相合性抗原一致的人，必須進行血液遺傳學方面的檢驗。第一次檢驗中，一致的人有七個；第二次減為三個。終於，要知道最後關卡——第三次檢驗的結果了。

「雖然說布萊恩．巴曼（Brian Bauman）[11]接受骨髓移植的事情經過報導之後，情況有變

11　一九九五年，美國空軍軍官學校學生布萊恩．巴曼（Brian Bauman）因罹患白血病，必須接受骨髓移植，由於美國沒有適合的捐贈對象，布萊恩的父親便透過媒體向全世界徵求捐贈者，最後一名南韓士兵成為布萊恩的捐贈者。

好一點，不過認識還是不足。組織相合性抗原一致與否的可檢驗樣本數太少了。美國的話，隨時都有三百萬份樣本可以比對，隨時可以接受移植。韓國是單一民族組織的國家，用不著三百萬份，我覺得只要有十五萬份樣本，就可以找到捐贈者了，可是我們連三萬份都沒有。而且媒體還報導那位捐骨髓給布萊恩．巴曼的捐贈者留下了後遺症什麼的，盡報導些沒有根據的話。別說捐贈者了，連可比對的樣本數都難以取得。」

接著，閔主任生氣地指摘了幫倒忙的媒體一番，他聽著，把手指關節折得喀啦喀啦響，心裡還慶幸著沒告訴閔主任自己以前是個記者，但他馬上就了解這麼想的自己所面對的是多難以面對的景況。

「結果出來了嗎？」

「您為什麼只有一個孩子呢？有什麼特別的理由嗎？」

他不知道該如何回答閔主任突如其來的問題，而且閔主任好像也不是很想知道那特別的理由。

「最理想的移植是親屬性移植，排斥少，還容易找到相符的抗體。根據孟德爾的遺傳法則，四個兄弟姐妹之間就有一個人有相同的抗原。」

我們先不要孩子好嗎？

這是蜜月旅行前妻子所說的話。她說，不想因為孩子的束縛而改變自己的人生規劃。但是和說好的不同，結婚才三個月，妻子就懷孕了；怎麼可能和這樣的妻子指望再懷第二胎？

他也沒有特別想要孩子，就連照顧和疼愛這個獨生子都覺得時間不夠用了。他覺得人可以付出多少愛是早就決定好的，他沒有自信可以把這些愛一分為二。

他在心裡搖搖頭。

「找到捐贈者了嗎？」

「非常遺憾，最後並沒有找到合適的樣本。」

像是水球破掉般，他嘴裡發出「噗」的一聲，嘴角一歪，笑了。花了這麼大的工夫，居然落得這個下場。

可是，已經不可能進行骨髓移植了，還會有什麼殘存的希望嗎？自己不是一直相信一定可以救活孩子，才走到這一步的嗎？結果現在什麼都完了……

「我有想接受檢查的親戚，雖然不是兄弟，可是有血緣關係，這樣相符的可能性高不高呢？」

他只有一個人，根本沒有親戚；但是妻子那邊有很多親戚，如果跟他們見面、說明兒子的狀況、拜託他們接受檢查，雖然是相當屈辱的事，但不能這麼簡單就放棄。

閔主任搖了搖頭。事實上，只要不是親手足，就幾乎沒有相符的可能性。簡單一句話，就是不用白費工夫了。

「以後該怎麼辦呢？」

「必須繼續接受治療。」

「根本沒有希望，還要接受治療？就算接受治療還是會死，難道要一直接受抗癌治療到死為止嗎？你不是說移植是最後的方法嗎？」

他狠狠瞪著閔主任。閔主任拿下眼鏡，自然而然地避開他的視線。

「好吧，就算繼續治療好了，還可以活多久？六個月？還是一年？」

「……」

「回答不出來是嗎？該不會是我說的期限太長了吧？這樣你還要我們接受治療？不覺得太殘酷了嗎？難道不能站在我兒子的立場想一想嗎？」

「我不能逼您，請家屬自己選擇吧！」

閔主任，不，是現代醫學總是這樣對待他。究竟要選擇什麼呢？一邊把應該往前進的道路變成死巷，一邊在患者和家屬腳上戴上腳鐐。血癌權威的閔主任終究是個醫生，一個屬於現代醫學範疇的醫生，選擇的結果也就代表了現代醫學的極限，這不是閔主任可以負責的。

「我要出院。」

閔主任立刻戴上眼鏡，定定地看著他。同樣的話沒有重複的必要，但他還是說了第二次。

「既然結果是一樣的，那麼出院是理所當然的吧？」

「請您慎重考慮一下。」

「目前為止，我已經不知道慎重考慮過多少次了。」

自從兒子發病後，他連一次都不曾以家屬的角度做出選擇，醫生說完全痊癒就相信，說再度發病就覺得一定是這樣，連提出抗議或生氣都不敢，就這樣任憑現代醫學擺布。對兒子也是這樣，強加在兒子身上的，只有諸多強制和禁止。

只有這次——雖然已經是最後一次——就如兒子所願，出院吧！然後讓兒子看看沒有強制與禁止的世界吧，想吃什麼就吃什麼、想做什麼就做什麼，給他自由，不管他想去任何地方都不會阻止他。

閔主任斬釘截鐵地說：

「出院的話說不定會縮短孩子的壽命；不，是一定會縮短。」

「我知道，我非常了解。可是把剩下的時間都用在接受抗癌治療，不是太痛苦了嗎？孩子已經在痛苦中過了兩年多，差不多該讓孩子開心過日子了，就算只有一天，我也要讓他開心。」

在最後的時刻來臨前，說不定能讓孩子過著完全沒有痛苦的日子，就像在油盡燈枯之前燃燒得特別燦爛的蠟燭一樣。

「您的心情我能理解，但馬上出院是不可能的。問題就在白血球數，現在中斷治療的話，數值會高到無法收拾的地步。」

閔主任的意思是提高抗癌藥劑的強度，嘗試讓病情稍稍緩解。但就算緩解，還是會再復發的，不只閔主任知道這一點，連他都很清楚。即使如此，試著讓病情緩解還是可以爭取一些時間，直到無法控制惡性白血球的數量為止。

他長長地嘆了一口氣。

「請採取必要的措施吧！」

7

「我就說我不吃嘛，妳這個笨蛋！」

承鎬把遞到手上的西瓜往地上扔，女人茫然地看著承鎬，然後用手收拾地上四散的西瓜碎片。

得讓孩子懂規矩才行。某個來探病的人這麼跟她說。這話有道理，必須好好地教導不懂禮節的孩子，這樣長大以後，才會變成有規矩的大人。但是，對於不知道有沒有明天的孩子來說，有沒有禮節又有什麼關係呢？

兒子悄悄拉住他的手，壓低聲音：

「承鎬真是個壞孩子，對吧？」

「那是因為他很難受，他並不是壞孩子。」

「哼，我比承鎬要痛苦得多呢！」

兒子說得對。承鎬正在治癒的最後階段，已經確定完全痊癒了，現在正在接受中樞神經系統的預防治療。和承鎬比起來，兒子正處在痛苦的頂點。

最後的緩解治療已經進入第五天。

兒子每天都過著像在地獄一般的日子；每天都受著地獄烈火的燒灼。敏克瘤（Vincristine）、康速龍（prednisolone）、樂拿舒（L-Asparaginase）、道諾霉素（daunomycin）[12]，由於增加了這些抗癌藥物的投藥劑量，副作用也同時增加了許多。兒子不斷發著高燒、嘔吐、肌力降低、肌肉疼痛、胃潰瘍、胰臟發炎、皮膚也起了疹子，為各種症狀所苦。

一旦進入，就要放棄所有的希望！

但丁所寫的《神曲》中，地獄的入口貼著這樣一張警告文。沒錯，沒有希望的地方就是地獄，地獄就在他身體裡。自嘲與憤怒不斷沸騰，但除此之外，他只能束手無策地在一旁守候著這不帶任何希望的治療過程。

「可以了，爸爸。我好想睡。」

12 敏克瘤（Vincristine）可阻斷癌細胞的分裂；康速龍（prednisolone）是一種皮質類固醇，主要作用為消炎鎮痛；樂拿舒（L-Asparaginase）可抑制癌細胞；道諾霉素（daunomycin）則可以破壞癌細胞的染色體。

他停下搓揉兒子膝關節的手，把被子拉高，仔細地蓋好。兒子從被子裡伸出手，摸摸他的耳垂說：

「爸爸，這次治療結束之後，真的可以出院對吧？」

接受最後的緩解治療之前，他答應兒子會讓他出院。他無計可施，只希望兒子會因為出院近在眼前而忍耐這痛苦的治療。兒子不斷重複著同樣的話，彷彿那是自己唯一擁有的希望般，一次又一次地確認：

「復發的話怎麼辦？」

「不會再復發了。」

「這次出院之後，不會再住院吧？」

「不會再住院了。」

他誇張地點了點頭。是真的。但等待兒子的不是痊癒，而是死亡。在死亡突然從天而降之前，他們只能等待。

「謝謝。」

兒子親吻了他的臉頰。

「受了這麼多苦，如果就這麼死了也未免太不值得了，對吧，爸爸？」

兒子的臉上露出久違的笑容，那張嘴唇發白乾裂、到處都長滿水泡的臉龐露出天真的笑容。兒子就這麼帶著微笑，闔眼安睡。

他摸著兒子光溜溜的腦袋，然後走進廁所。鎖上門，把水龍頭開到最大，看著沾有水垢的鏡子，他哭了起來。

以前兒子說過，希望就這麼死去。那個時候，希望仍然像遙遠的大海那端忽明忽暗的燈塔光芒。他相信，燈塔的光芒就是指引，會讓他們渡過波濤洶湧的大海，平安無事地抵達陸地。

但是現在，茫茫大海中只剩下黑暗與絕望。雖然遲了一點，但兒子仍然努力想活下去。真是太不甘心了。既不甘心又憤怒不已，他把水龍頭開到最大，不停嗚咽著。

從廁所出來時，兒子已經睡著了。

他坐在床沿，拿起報紙。頭版頭條是由於實施低利政策，市場上有大量資金流入股市；失業率較上個月攀升的報導則可憐兮兮地擠在頭條旁邊。

他心不在焉地翻著報紙，手卻忽然停了下來。剛才，好像有什麼東西進入了他的視線範圍，他慢慢地翻回前一頁，胸口像是冰錐刺入那般疼痛。

藝文展覽那一欄。他看到有關展覽日程的簡短說明和一張小小的照片。是妻子。照片中的妻子正對著他笑；不，是對著全世界笑，她就像一朵含著露水的朝顏，生氣蓬勃地盛開著。

第三章　山路

1

承鎬的媽媽一直看著我。

感覺就像洩了氣的皮球般，默默地看著我。大概是承鎬又傷了媽媽的心吧，要不就是大發脾氣，要不就是把東西丟得到處都是。

我在想，我是不是應該先出個聲比較好，畢竟我很在意承鎬的事；但我還是忍住了。

自從承鎬離開二〇一號病房後，就再也沒有他的消息了。

那天深夜，突如其來的大叫驚醒了我。承鎬，你振作一點！承鎬的媽媽大聲哭叫著；承鎬則是躺在床上，身體不斷往上彈，嘴巴就像乾渴的螃蟹一樣吐著白沫。

醫生叔叔們急忙跑過來，把承鎬送進加護病房。

我曾經進過加護病房兩次。上次只記得自己突然昏過去，再醒來的時候，已經全身光溜溜地躺在加護病房的床上了。兩個晚上之後就回到一般病房。

已經五天沒有承鎬的消息了，反倒是他媽媽來了。

我突然覺得也許我再也見不到承鎬了。我從昨天就一直覺得很後悔，不斷求神原諒我說討厭承鎬的事。

承鎬又笨又為所欲為，動不動就打我頭，但他也有對我很好的時候。我想起之前很痛苦的時候，承鎬曾經緊緊握住我的手；有時候還會背著護士姐姐，幫我吞掉我的藥。藥是用來治病的，我跟承鎬都知道，但讓我們受到這些痛苦的，正是這些藥。

承鎬送進加護病房的前幾天，我們做了個約定：出院之後要一起去愛寶樂園玩，承鎬要去坐他喜歡的遊樂設施，而對遊樂設施沒有興趣的我要去看海豹秀。

再過五天，我就要出院了。

爸爸動不動就跟我說，如果我出院之後有想去的地方，儘管說。最近爸爸老是在問這件事：有沒有想吃什麼？有沒有想要什麼東西？有沒有想做什麼事情？

我想去海邊，就是我念幼稚園的時候，曾經在暑假去過的東海[13]。爸爸答應我，要帶我去海邊當做是出院紀念，所以儘管痛到想哭，一想到和爸爸之間的約定便忍住了。

媽媽離開我們之後，就再也沒有去過海邊了。其實是我一直生病的關係，所以不能說是媽媽害的。

沒錯，就算媽媽還在我們身邊，也不會改變什麼；不只是海，任何事都一樣。如果有

13 即日本海。

機會再見到媽媽的話，我一定要跟她說這些話，媽媽說不定會感到後悔，說不定會希望我們原諒她。

這種事真的會發生嗎？如果真的發生了，我又該怎麼辦呢？好煩啊！事實上，這根本不是我應該煩惱的問題，爸爸的想法才是最重要的，如果爸爸可以，我就可以；但是，如果爸爸不想和媽媽一起生活，那我的想法也會和爸爸一樣。

承鎬的媽媽從購物袋裡拿出一只大箱子，放在我枕邊。是樂高海盜船，承鎬最喜歡的東西。

「我們家的承鎬說，這是要給達雲的禮物。」

我的胸口好像瞬間壓了一塊大石頭；好像有誰偷走了我所有思緒似的，腦子裡一片空白。

是玩膩了嗎？還是他要把最重要的寶貝送給朋友？承鎬的想法我怎麼都搞不懂。

過了一會兒，我終於開口問：

「承鎬呢？」

「承鎬出院了。因為急著出院，所以什麼都沒跟達雲說，他要我跟你說聲對不起。」

承鎬的媽媽慢慢地低聲說著，分明聽得出她的聲音在顫抖。

「病都好了嗎？」

「是啊，都好了。達雲也要乖乖吃藥，早點好起來、早點出院。」

「像承鎬那樣嗎？」

「是啊，像承鎬那樣。」

承鎬的媽媽一邊說著，一邊點了好幾次頭，就像後腳被抓住的叩頭蟲；然後，她緊緊地抱住了我。

「達雲。達雲不好起來不行喲，不管、不管發生什麼事……然後，要讓爸爸高興呀！」

我感覺有一滴溫暖的水珠落在我光溜溜的腦袋上。接著又是一滴，再一滴。

不知道究竟過了多久，這段時間裡我想了好幾次：就算只有片刻也好，如果我真的是承鎬就好了，這樣承鎬的媽媽就不用哭了。

承鎬的媽媽摸著我的臉頰好一會兒，然後站起來，離開了我身邊。

「阿姨！」

承鎬的媽媽停下腳步，但是沒有回頭，也許是不想讓我發現什麼吧。

我有好多話想說，想對承鎬說，也想對承鎬的媽媽說，但一時之間又不知道該說什麼。終於，我結結巴巴地說了一句：

「請幫我跟承鎬說，謝謝他的樂高。」

就像我再也見不到承鎬一樣，以後應該也不會再見到承鎬的媽媽了吧！海盜船代替了承鎬留在我身邊，但是不知道還能不能再玩這艘海盜船。和承鎬一起去愛寶樂園玩的約定，還是忘掉比較好。

看著用來裝樂高的箱子，我差點要哭出來，只好閉上眼睛。以後一定要每天都為承鎬禱告才行，不信神的人不能去天國，但我希望天堂能給承鎬特別許可，承鎬絕對有資格上天堂，因為他在這個世界一直在受苦；更何況，得這種病並不是承鎬的錯！

2

根本沒有稱得上是搬家的行李。

電器和家具都已經賣給了回收商，剩下的幾乎都是要丟掉的。接到房東的聯絡後，他馬上用五十萬韓圜買了一輛九〇年的格雷斯貨車，裝在這輛貨車上的，就是他全部的家當。

時光彷彿倒流，回到剛離開孤兒院、第一次踏上首爾的時候，那段為了找工作四處奔波、隻身流浪的歲月。即使如此，希望仍像是照亮海面的燈塔所發出的光芒。和那個時候一樣的，是必須在外流浪的生活，但希望已經不復存在。難道打從一開始，希望就已經從自己和兒子的身上被拿走了嗎？過去或許並不知道，但現在才知道也未免太晚了。

不管怎樣，在兒子的大限來臨之前，他都必須活著。希望就像廉價的抽象詞語，讓人們期待遙遠的明天，但今天能活著便已足矣。當那一天到來的時候，能手牽著手一起度過在人世最後的時刻就夠了。他心想，那個時刻最好是安安靜靜的，身體感覺不到痛苦，就像午夜悄然落下的雪花般，不知不覺中，寂靜已包圍了四周。

輕輕嘆了一口氣，他又收拾起行李。

他拿起兒子的短大衣，那是去年冬天，第二次判定完全痊癒的時候，懷著穿過絕望隧道的心情，到百貨公司以一套高級西裝的價格買下來的。因為想讓孩子穿個兩、三年，所以當時買得大了些，和兒子很搭，兒子也很喜歡它。

還能等到兒子穿這件大衣的時候嗎？離冬天還有幾個月，但感覺卻像一千年一樣遙不可及；只是，他怎麼也無法把這件大衣裝進垃圾袋裡。從這件大衣開始，他一一將孩子的冬衣放進紙箱裡，至於自己的冬衣，他早就處理掉了。

整理完畢，還裝不滿三口紙箱。如果對這個世界的眷戀也可以整理得這麼乾淨俐落的話，死亡應該就不會是多辛苦的事。

其中兩口紙箱裝的是兒子的衣服、故事書和玩具，剩下的一口紙箱裝的也不是他的東西：是即使搬家搬了三、四次，仍捨不得丟掉的妻子的衣服，他希望能物歸原主。

能避免和妻子見面就盡量避免，這是他的權利。即使他曾受到很深的傷害，但隨著歲月流逝，傷口已經漸漸癒合。既然已經把妻子的一切埋進內心深處，那麼即使到了生命最後一刻，他仍會這麼做。對她早已不抱著戀慕和期待，但在知道妻子回國之後，他卻像在狂風暴雨中飄搖的一葉扁舟，受著毫不留情的顛簸。

和母親見面是兒子的權利，只是，兒子已經等不到長大後再去尋找母親的那一天了；而妻子應該也有見兒子的權利，雖然是她自己選擇離開兒子的，但她在遙遠異地應該偶爾也會忍不住嘆息吧。

昨晚和兒子下西洋棋的時候，他不著痕跡地問：

「你不想見媽媽嗎？」

兒子沒有回答，只是茫然地看著自己。很聰明、想像力很豐富，但有時候會露出不知神遊到哪裡去的表情。兒子的導師曾這麼說過。

他從來沒有跟兒子提到自己跟妻子之間發生了什麼，不過，明明很伶牙俐齒的兒子也從來不曾提起和妻子有關的話題。

「媽媽從法國回來了。」

兒子低著頭，在棋盤上移動著他的騎士。

「和媽媽見個面好不好？」

擺好最後一顆棋子之後，兒子終於回答：

「爸爸的意思呢？」

「達雲想見的話就去見，爸爸怎麼想不重要。」

「對我來說，爸爸很重要，而且我不想見媽媽。」
「可是我想，媽媽一定很想達雲。」
「才不會，爸爸搞錯了，媽媽一點都不想見我。」
兒子拿起騎士，往前移動，用力地搖了搖頭，就像拔出刀、站在前鋒的騎士一般決絕，乾脆地搖著頭。
可是兒子輸了。兒子發著脾氣，一副快要哭出來的樣子，好像一切都是自己輕輕鬆鬆就打敗兒子的錯。
昨晚，他做了夢，夢見了妻子。
妻子還是很美，就和初識時、那二十一歲的她一樣耀眼美麗。但不知何時，夢境中的他竟淚溼了枕，驚醒過來。

3

那年，他從海軍退役，復學念大四。
已經二十五歲了，但別說戀愛，他連單戀的經驗都沒有，卻有一位女性在那個時候走入了他的生活。
一起寫詩的朋友將他的詩作投稿到大學報紙所開辦的文學獎，一位念美術系的女生幫他刊載在報紙上的詩畫了插圖。

她說，因為欣賞他的詩，所以熬夜熬了兩天，畫了插畫。她想看看他其他的詩，他便讓她看了。在那之後，這位女性和他的來往更多了：因為颳風下雨、因為想喝杯咖啡、因為無以名狀的寂寞……經過這麼頻繁的接觸，他第一次有了叫做「戀愛」的奇妙感覺。又過了一段時日，那位女性終於成為他的妻子。

妻子雖然曾和娘家爭吵過許多次，但父母仍然不同意他們結婚，婚禮變得淒涼無比；曾任道知事[14]的岳父堅持拒絕出席婚禮，而岳母則像是在參加葬禮似的，從頭到尾淚眼朦朧。

妻子在蜜月旅行前對娘家說要斷絕來往，但對不知世事的妻子來說，苦難才正要開始。當時他任職於文學月刊的編輯部，妻子無法理解一個月竟只能用這麼微薄的薪水過日子；隨著時間過去，疑惑變成了憤怒。

「我從來沒想過自己會過著這種一邊為錢擔心、一邊省錢度日的生活。」

他連忙換到薪水多了一倍的女性雜誌擔任記者，同時也開始匿名接翻譯的工作，生活雖然安定了下來，但和文學的距離卻變得像地球和月亮一樣遙遠。可他沒有為此心痛的必要，因為妻子已經成為他新的支柱、是他生存的意義、是拯救他的標幟。

14 韓國的「道」相當於省，「道知事」即相當於省長。

已經沒有餘裕為了凝練詩思、找尋適合的詩語而徹夜不眠了，而且，他覺得不寫詩也沒有什麼關係，世界上那麼多詩人，他一個人不寫也不會怎樣，根本無關緊要。

但妻子不同，始終渴望繪畫。生了小孩之後，那份渴望稍稍平息，但是持續不了多久。都是你害我什麼都不能做。妻子一天到晚對兒子說著滿懷怨恨的話語，連丈夫也無法倖免：都是認識了你，我才會落到這步田地。

愛上一個人的同時也製造了悔恨，但如果因為害怕後悔而不去愛，反而會更痛苦。這項事實不知道是否曾帶給妻子些許安慰呢？

莎士比亞說過：結婚是由門外窺探門內，但門內其實什麼都沒有。

他曾經後悔結婚，但不是因為後悔選擇妻子為結婚的對象；這種感覺就像是朝山者回首來時路的心情，就跟那些獨力承擔家庭責任的人一樣，感覺到宿命所帶來的悲哀。

孩子剛滿三歲時，妻子考上了研究所。接著，彷彿想一口氣滿足多年來的渴望似的，他的書房變成了妻子的工作室，還常常在朋友的畫室畫到天亮。從那個時候開始，妻子又和娘家恢復往來。

一大早上班前把兒子送到幼稚園、晚上下班再把他接回來的時候變多了。兒子變得少話，總是習慣一個人玩。有一天，兒子默默地靠近他，突然摸了他的背一下就走了。

「達雲，你有什麼話想跟爸爸說嗎？」

兒子笑了笑，搖搖頭。他只是想藉著撫摸爸爸的背，確認爸爸就在身邊，好覺得安心吧。那天，他第一次跟妻子吵架，自己的童年過得太辛苦，他不希望兒子重蹈自己的覆轍。

那天晚上，妻子剛結束五天四夜的繪畫旅行。

妻子洗過澡後，坐在餐桌前，他遞給她一杯蕃茄汁，妻子一口氣喝光了。看著杯子裡殘存的蕃茄渣，好一會兒之後，妻子開了口：

「我想了很久，我們，還是分開吧。」

此刻老舊冰箱的馬達聲聽起來就像林姆斯基．高沙可夫的《大黃蜂的飛行》，瓦斯爐上的泡菜鍋正咕嘟咕嘟地滾著。

「我們離婚吧。」

兒子房間的門開了。兒子定定地看著他，不久便又關上了門。他將目光從兒子房間移開，問：

「為什麼會考慮這種事情？」

「……我有男人了。」

他並不覺得訝異；不，是完全沒有露出驚訝的樣子。大概是想在妻子面對表現出自己不會對這種程度的事情大驚大怪吧。

「你倒是說句話啊。」

妻子說著，低下頭去，長長的睫毛在臉上投下整齊的陰影。透過沾有蕃茄渣的杯子，還看得見妻子的手。妻子用左手大拇指和食指緩緩轉動著右手無名指上的戒指，一枚陌生的戒指。

「什麼樣的男人？」

妻子一直轉著手上的戒指，好像沒有神燈的阿拉丁拚命想召喚出戒指裡的妖精似的。

他突然覺得妻子很可憐，但真正可憐的或許是他自己也說不定。總而言之，妻子在那個瞬間展現出的姿態令他心痛不已。

他並非真的想知道那個男人究竟是什麼樣的人，因為這種問題根本就沒有必要問，反正妻子早就冷淡以對了。但他還是想問妻子：對妳而言，我的存在究竟算什麼？

對那個時候的妻子來說，丈夫說不定早就變成了有如一片荒地、一棵燃燒殆盡的白楊樹般的存在；難道愛之泉源早已乾涸、愛之火焰早已熄滅了嗎？就算他仍然愛著妻子，就算他仍然盡力做一位最好的丈夫……妻子的心還是離他越來越遠。

離婚。他對這樣無可避免的事情感到心痛。

這是誰的錯？是琵琶別抱的妻子？還是給了那男人可乘之機的自己？他到底是加害者還是被害者？那麼妻子……

因為有了男人，所以要離婚。妻子說得簡單，但恐怕是因為顧慮到他，所以才這麼說的吧？至少讓他不用再多做什麼令自己難過的臆測，真是得救了。

即使如此，他還是無法同意離婚。他不想失去妻子，不想破壞家庭的牽絆；和妻子共同建立了六年的家，他不想從根本否定它，況且他們還有孩子，雙親離婚想必會給孩子帶來一輩子的精神創傷吧！

妻子馬上表示抗議：

「我是考慮了很久才決定的！」

「那妳是不是也應該給我一樣的時間，好讓我考慮、決定呢？」

妻子立刻搬回娘家，順理成章地分居；不久，妻子又和大學時代的恩師、一位有名的畫家去了法國。在那之後，妻子便音訊全無了。大概是順著他的要求，給他足夠的時間也說不定。

他一直以沉默面對妻子的遠行，直到兒子診斷出白血病為止。

他寫了一封很長的信給妻子。

信裡詳細地說明兒子的病情，最後還加了一句：真不知道我們是怎麼走到這一步的。

雖然沒有強迫她，但他認為妻子理所當然會回國，然後，期待在人生的險路上，他們會再度以夫妻的身分攜手同行。

一個月之後，有位律師以妻子代理人的身分造訪。

他很乾脆地在離婚文件上蓋了章，換來的卻是妻子親筆簽名放棄兒子撫養權的聲明。

離開之前，律師問他信上所寫有關兒子生病的事是否為實，他回答兒子的病已經完全好了，但那個時候，兒子正在住院中。

4

理了個髮、洗了個澡，打上領帶，還去買了個花籃。

穿過馬路，走進氣派的畫廊。只要對在那邊的妻子笑一笑就可以了，很簡單的。如果真的能像偶遇疏遠已久的老友那樣就好了，但他卻站在正午的陽光下動也不動，頻頻用手抹去額頭的汗水。

酷暑。就連偶爾吹過的風，也像是熱鍋裡往上冒的蒸氣。

他做了個深呼吸，踏出步伐。從穿過馬路到抵達畫廊這短短的路程中，他不斷地想著：就承認和妻子之間有距離吧，只要考慮兒子想和母親見面的權利就好了。

推開貼有「河艾莉返國個展」海報的門，一位穿著韓服、年約二十多歲的女子用兩手撐著桌子站了起來。

妻子不在，除了那位小姐之外沒看見半個人。五十坪左右的展場裡，穆索斯基的《展覽會之畫》[15]就像漂在小河上的枯葉，流過整個空間。

開展已經三天了，又正值溽暑的正午時分，這種鬼天氣裡，再怎麼勤奮工作的螞蟻，大概也會躲在窩裡、蹺著二郎腿，喝著加了冰的檸檬茶吧！沒有客人，應該不全是妻子的

---

15 穆索斯基（Modest Mussorgsky，1839-1881），俄國作曲家，《展覽會之畫》是為了紀念年紀輕輕便去世的藝術家兼建築家好友，以好友的畫作為靈感而作的鋼琴組曲，共有十首。

畫不好吧，他這麼想著。

「歡迎參觀。」

那位小姐說著。他把花籃遞了過去，小姐又重複了同樣的話，同時打開桌上的簽名簿，推向他。

妻子如果在簽名簿上看到他的名字會怎麼想呢？會覺得高興嗎？至少會覺得有一點點懷念吧？還是會像那黃昏時分在屋簷下懶洋洋地遠眺山嶺的小狗呢？他看著簽名簿上的空白處，對那位小姐說：

「沒看到河艾莉小姐呢！」

「她去吃午飯了，馬上回來。」

他從那位小姐身邊走開，欣賞著妻子的作品。幾乎都是寫實風格的風景畫，用俐落輕快的筆觸描繪而成。

他回想起妻子在剛考上研究所時說的話：

「從現在開始，我會嚴格地為自己而活，再也不想受這種牽絆了。」

妻子坦白地說，就像是個迎接決戰時刻的戰士。經過數年後，帶著她嚴格得來的成果回來了。與其說妻子有優異的才華，不如說她是個極富熱情的人。這種人幾乎都會為了才華不足而慨嘆，使得熱情漸漸熄滅，而能以熱情克服才華限制的人，就是妻子了。

如果把繪畫當成人生的全部，那麼妻子應該算是個成功人士吧，為了這樣的人生而活，妻子應該覺得很快樂，他可以這麼斷定。但即使如此，他仍然沒有什麼興趣，也許是他覺得成功的人生並沒有什麼特別的吧。

他轉過頭去，就像海水受到月球的吸引。

是妻子。

她雙手抱胸，瞪著他。一位年近五十歲的男子，戴著讓大家一眼就能看得出是畫家的紫色貝雷帽，站在妻子旁邊。

他覺得自己應該要微笑；雖然覺得自己應該露出全世界最溫暖的微笑，卻不知道自己做不做得到。他慢慢走向妻子，不到十公尺的距離，卻覺得比馬拉松選手跑完四十二公里的賽程還遙遠，有一種宿命感。

「恭喜妳。好久不見了。」

「……」

「很棒的畫呢。」

「分開的這段日子裡，你的興趣變得高尚了嘛，看畫？」

妻子冷淡地說著，他胡亂點了三、四次頭；並不是同意妻子的話，而是為了找些可以應對的話語。

他以為見到妻子會有很多想說的話，就像當年下班回家，兩個人對坐在餐桌前，喝著熱茶聊天一樣。他錯了，歲月彷彿奪走了所有的言語，現在他只能愣愣地望著妻子。

「反正都要來見我，再打扮得稱頭一點如何？」

「什麼意思？」

「你是已經老了？還是剛度完假？還是你腦子裡在打什麼主意，故意穿成這副德性？」

他已經記不得自己三年前是什麼樣子了，只是偶爾會在鏡子裡看到星星白髮和臉上的倦容。儘管洗了個澡又理了頭髮，妻子還是一眼就看了出來。

站在妻子身邊、戴著貝雷帽的男子在妻子耳邊說了些什麼，妻子點點頭，對他說：

「還是打個招呼吧。他是我丈夫。」

妻子說著，對那個男人伸出手示意；那麼妻子要怎麼對那個男人介紹自己呢？他突然無來由地焦慮起來，嚥了口唾沫。妻子看了那男人一眼，那男人便毫不遲疑地伸出手：

「我是朴仁相。」

「我是鄭浩然。」

「我聽說過很多鄭先生的事。」

他也是。身為妻子最尊敬的老師與畫家，朴仁相的事他也聽過不少。自從那天晚上，妻子告訴他自己有了男人之後，就不曾再提起朴仁相了。直到妻子遠赴法國許久之後，他才知道妻子的恩師變成了戀人，再從戀人變成了丈夫。

「您寫詩，對吧？」

朴仁相問，臉上帶著微笑。他馬上更正是「曾經」寫過，但他又覺得這話未免有點無聊，好像會給人一種他不再寫詩是因為和妻子分手的印象。

妻子打斷了他。

「你來是有什麼話想說嗎？還是純粹只是來盡個禮數？如果只是來盡禮數的話，這樣應該就夠了吧？」

「我有話想說。」

他瞥了朴仁相一眼，妻子馬上知道是什麼意思。

「就在這裡說吧，我能聽的話，他也能聽。」

妻子說著，伸出手摟住朴仁相的腰。

妻子穿著深藍色的低胸無袖洋裝，珍珠項鏈在脖子上繞了兩圈，一圈長一圈短，非常美麗。妻子身上完全看不出歲月流逝的痕跡。

他避開她的視線，看著亮晶晶的項鏈說：

「我希望妳能去見見兒子。」

妻子鬆開摟著朴仁相的手，用食指抵著額頭。如果以前的習慣沒變的話，現在妻子的頭想必已經痛起來了。想了十秒之後，妻子開口：

「雖然現在說這種話根本無濟於事，但我一直希望你和達雲能過得幸福。」

「謝謝。」

「回去吧，以後也請你多多保重。」

「我以為妳會想見達雲。」

「我寫的那張聲明還在嗎？」

「要找的話應該找得到。」

「聲明上寫的就是我的想法，現在也一樣，我的想法是不會變的。就算媽媽出現在他眼前，又有什麼用呢？」

「達雲病得很重。」

「……我聽律師說，他不是已經痊癒了？」

與病魔搏鬥近兩年的事該從何說起呢？又該怎麼一項一項說明才好呢？就算跟妻子說每天都過著沮喪、流淚與絕望的日子，妻子就真能理解嗎？就算她真能理解好了，正如妻子說的，又有什麼用呢？

他把兒子所住的醫院和病房號碼告訴妻子，又附上一句：

「如果妳想見兒子的話，我希望能在這三天之內；三天後就要出院了。」

「病得那麼嚴重還要出院？我真不知道你說的話哪些才是事實。」

事實？他突然急著想見到兒子，說不定兒子正一個人掉淚呢。如果要問什麼是事實的話，那一瞬間便是事實。

五天前治療就結束了，消除希望的治療。既然骨髓移植已經不可能，唯一能做到的也不過是降低白血球的數值而已，兒子正在讓因為抗癌藥物而千瘡百孔的身體得以恢復。

非走不可了，如果再繼續待在這裡，只是徒留後悔罷了。他想跟妻子做最後的道別，才剛提起還留著妻子那些漂亮衣服的事，妻子馬上打斷他：

「那種東西還留著做什麼？跟笨蛋一樣。馬上給我丟掉！」

「那麼，我就丟了，丟東西有什麼難的。」

他跟朴仁相握了握手，但卻無法坦然地跟已經變成別人伴侶的妻子握手。

街道還是一樣被暑氣所包圍，一對鴿子在人行道上緩緩走著。然後，他邁開了腳步。

等一下。妻子從背後喊住他。

「達雲想見我嗎？」

「……他知道媽媽回國的事。」

妻子用複雜的表情抬頭望著天空，好一會兒之後才轉過身。

5

大家再見。

一看到就討厭的藥、恐怖的骨髓穿刺、讓我發瘋的白血球數值、早就住到膩的醫院，全部再見。

終於出院了，這次整整住了九十八天。

護士姐姐們說乾脆再多住兩天好了，還可以來慶祝百日，但她們完全不懂我的心情；其實本來跟爸爸說好，前天就要出院了，也已經跟醫生說過了，但不知道為了什麼又拖了兩天。

誰都不知道我這兩天有多提心吊膽。

爸爸為什麼要延後出院的時間呢？他說，以後我們要去很遠的地方旅行，所以讓我更有精神是必須的。這話是沒錯，但我總覺得還有什麼其他的理由，而且是只有我不知道的理由。

反正，我很開心，兩天對九十八天來說只是小意思。我本來已經有心理準備，以為自己沒辦法出院了；聽說復發的存活率很低，但我還不是活得好好的。

再也不想進醫院了，如果從此以後能夠無病無痛地活著就好了。

不過完全不生病是不可能的，感冒疲勞這種程度的東西我可以忍耐。我好希望和其他小孩一樣，過著去學校或補習上課的日子，也好想盡情地玩耍。如果能過著只考慮「快不快樂」的生活就好了。真的有辦法過這種日子嗎？我想這次一定可以。

住院那天淅瀝瀝地下著小雨，是打醒冰凍的土地以及在土裡沉睡的小小花種的春雨。但是，對我來說，卻是比冰還冷的雨，趴在爸爸背上前往醫院的路上，我一直冷得發抖。

現在已經是很熱的季節了。梅雨季過了，颱風也走了，毒辣的太陽彷彿要把世界上所有的一切像烤地瓜那樣烤熟。

隨它高興吧，就算太陽再毒辣我也不怕，因為我有爸爸為了紀念我出院而買給我的棒球帽，上面印著「道奇球場」，很酷的一頂帽子。戴著那頂帽子，我覺得自己簡直就像朴贊浩[16]一樣。

爸爸打開病房的門走進來，應該是辦好出院手續了。

「差不多該走了吧？」

爸爸微微一笑，把棒球帽戴在我頭上，我把帽簷壓得低低的，幾乎看不見眼睛。

啊，二〇一號病房也要再見了。

我依序看著四張病床，最後看著承鎬睡過的那張病床。

承鎬的床位已經有其他患者了，是個叫禮讚的五歲小孩，而且還是由國家出錢治療的患者呢。禮讚沒有爸爸，也沒有媽媽，還是嬰兒的時候就住在育幼院；雖然如此，他痛起來的時候，還是一邊叫媽媽一邊哭。連媽媽的樣子都不知道，為什麼還一直叫著「媽媽」呢？

直到現在，只要看著承鎬睡過的病床，我還是會掉眼淚。

如果承鎬能跟我一樣，痊癒之後開開心心地出院該有多好？我們說不定會變成世界上

16 南韓著名職棒選手，一九九四年加入洛杉磯道奇隊，目前效力於日本職棒歐力士野牛隊。

最要好的朋友，有一樣的病、忍受過一樣的痛苦，也一定最了解彼此的心情。

這傢伙真的是個笨蛋。既然死得一點都不意外，那到底為什麼要吃這麼多苦？

我抱著樂高的箱子走近禮讚。幾天前我就決定了，要把它送給禮讚。樂高的海盜船模型其實不是很適合五歲的小孩，而且我也知道把人家送我的禮物再轉送給別人是不太好的事情，但我相信承鎬會理解我的想法。而且承鎬走了之後，我一次都沒玩過，以後也不可能再玩它了。

禮讚只是張大了嘴看著我的臉，還有樂高；在這之前，禮讚所擁有的玩具，只有一個少了一隻手的鹹蛋超人玩偶而已。

我對禮讚笑了笑。

然後，我在心裡對什麼話也沒留就去世的承鎬告別：再見了。

▩

雖然晚了兩天才出院，但我心裡覺得這樣更好，至少在我去教會之前是這麼想的。

這天正好是星期天，芸美絕對不會缺席主日學，所以一定可以見到她。

我每天都期待芸美來看我，只要一有「今天會不會有好事發生呢」的想法，我就一整天都盯著病房門口。但是芸美一直沒有出現，當然，也沒辦法把波斯菊髮夾送給她。

出院之後，我跟爸爸說想去教會的事。無論如何都要去嗎？爸爸這麼問我。

「我的病好了，得去敬拜上帝才行；再說，也應該跟上次來探望我的傳道說謝謝啊！」

我完全沒提到芸美。

大概是因為我說謊所以受到懲罰了吧；雖然參加了禮拜，也見到了傳道，但是沒有見到芸美。

傳道好像察覺了我的心思般說著：

「如果知道達雲出院的話，大衛班的大家一定會很高興的。不過大概是暑假的關係，今天沒有什麼人來。」

芸美好像趁著暑假跟爸爸媽媽一起去度假了。但為什麼偏偏是今天？芸美去哪裡玩了呢？如果是去我去過的東海就好了，雖然東海非常大，但是說不定可以來個不期而遇！

「達雲，不管在哪裡生活都一定要健健康康的喔，傳道們不會忘記常常為你禱告的，達雲也一定要去教會才行喔！」

不管在哪裡生活……

沒錯，我們還沒決定要住在哪裡呢。爸爸說我們會先去旅行，會去海邊，也會去山上。如果在旅途中看到有什麼好地方，就住在那裡。

我超贊成跟爸爸一起去旅行的，但我反對永遠離開首爾；學校也好、朋友也好、教會也好，我不想跟他們分開。還有，如果我們連家都沒有、到處流浪的話，我會很不安的。

我們還能跟過去一樣一直住在公寓大樓裡嗎？

一想起以前住在大樓裡的時候，我就忍不住哭了。那裡真的很好，我有自己的房間，還有張軟綿綿的床。住院之前住在那個位於地下室的家，就算大白天也黑漆漆的、非得點燈才行；既沒有自己的房間，又有討厭的蟑螂。

話雖如此，但住地下室也沒關係，我只希望不要離開首爾就好了；可是首爾的人多才是問題所在。我還沒有足以戰勝病原菌的體力，所以得避開人多的地方才行。

我問過爸爸，如果找到了好地方，會一直住在那裡嗎？不會一直住在那裡的，最長大概幾個月吧。爸爸說這些話的時候並沒有看著我的眼睛，我了解了：我想再回到首爾生活應該是不可能的了。

道別前，傳道握著我的手為我禱告，和平常一樣是個很長的禱告，不過我心裡一直想著別的事情：

傳道，請把這對髮夾轉交給芸美。

但髮夾一直放在我口袋裡，我的手緊握著髮夾，握到發疼，就這麼離開了教會。要拜託傳道其實是很簡單的事，但我就是不想透過別人轉交，結果到了最後還是放在我口袋裡。

爸爸幫我繫上安全帶，問：

「很遺憾吧？」

「一點點啦。」

「你知道芸美住在哪裡嗎？」

「為什麼這麼問？」

「要把髮夾給她嘛。」

「芸美去度假了唷，而且我也不知道芸美住在哪裡；再說芸美有好多髮夾，我覺得就算我把髮夾送給她，她也不見得會高興。」

我想，只要一看到髮夾，我應該就會想起芸美，而且還會帶著一點點難過的感覺，就像以前看著媽媽的照片一樣；只是芸美不會知道我的口袋裡放著想送給她的髮夾。

久了之後，她也許連我的名字和樣子都會忘了。

6

兒子看起來很高興的樣子。離開教會之後安靜了一會兒，上高速公路後，便又像早晨的小鳥般說個不停。

「爸爸，謝謝你，謝謝你讓我治好了病，謝謝你帶我去海邊，謝謝你送我道奇隊的帽子……全部都謝謝你。」

並沒有治好。只是使用藥效強的抗癌藥物，暫時抑制惡性白血球的數量而已，說不定哪一天，它就會用它的利爪把兒子的身體撕裂。當兒子的忍耐到了極限，當兒子大限已到時，一切就結束了。

這不過是以旅行為名的流亡之路，是悲傷的出發。

但坐在副駕駛座的兒子表情看來非常開心，熱衷於車窗外的世界，對於長期以來只能關在醫院裡的兒子來說，這一定是個眩目美麗的世界吧！兒子不斷發出興奮的叫聲、好奇地東問西問，而他除了不厭其煩地回答，也為自己竟能這樣若無其事感到訝異。

妻子終究還是沒有出現。

他等了三天，又多等了兩天，再度確認自己如此期待是多麼愚蠢的事情。他不想責怪妻子，但自怨自艾也不符合他的個性，只是為了白白多等兩天而覺得傷心不快罷了。雖然只有兩天，但對兒子來說卻是漫長而珍貴的時間。

離開醫院的時候，他對兒子說：

「我打聽過了，媽媽好像沒從法國回來的樣子。」

「我想也是。」

兒子草草回答，立刻把話題轉到其他地方。

不停打著呵欠的兒子在過了戶法交流道之後，開始打起瞌睡。因為靠著車窗的緣故，兒子頭上的帽子歪掉了，他想伸手替兒子把帽子扶正，卻做不到。兒子的臉蒼白到連微血管都看得到，汗水正涔涔往下流。

「只要有一點點異狀，就請馬上回醫院來；此外，也請務必三到四天就和醫院連絡一次。」

閔主任不斷提醒，終於同意讓兒子出院。他一邊頻頻點頭，一邊不斷在心裡默念著：不會再回來了。領了滿滿一大袋的藥，在聽取服用的相關說明時，他的心思也不知道去哪裡神遊了。

就算繼續住院，兒子也無法接受根本的治療，頂多只是檢查白血球數和做些預防感染的措施罷了。當骨髓移植的可能性消失的瞬間，他便失去了抱著希望戰鬥下去的動力。出院是理所當然的。本來以為出院後會比較輕鬆，但其實並沒有。現在的感覺就好像把頭伸進泥沼裡；好像有誰揪著自己頭髮，毫不留情地甩來甩去似的。

完全不知道兒子的狀況會在什麼時候惡化成什麼樣子。

承鎬就是這樣。承鎬完全治癒的可能性很高，而且也已經進入恢復階段，但一瞬間就生死兩別了。一個禮拜前見過面的那位女性說這實在太遺憾了，讓人不甘心到幾乎受不了。

「我發過誓，死都不要再來這間醫院；但是不到這裡來更讓我受不了。」

下午四點，一路往目的地前進，但時間已經有點晚了。

一在文幕休息站的角落停好車，兒子就醒過來了，四處張望了一會兒之後，問：

「以前也是在這邊休息的對吧，爸爸？」

兒子還記得四年前的那次旅行，和妻子一起的。兒子優秀的記憶力讓他有些不知該如何是好。

「我記得那時候吃了海苔飯卷和烏龍麵。我還想吃，可以嗎？」

這三個月來，兒子只有吃醫院準備的滅菌餐，經過高溫處理，無鹽無味的食物，是他充滿禁令、抑制和強制生活的一部分。

對九歲的孩子來說，只是想過普通人過的生活罷了，與其讓兒子痛苦千年，還不如讓他快樂一天來得好。

這是他不顧閔主任反對，堅決主張出院的理由。但是，兒子的免疫力極弱，他還是無法若無其事地看著兒子吃可能帶有許多病菌的海苔飯卷和烏龍麵。

他把兒子的帽子戴好，讓兒子戴上口罩。為了預防感染，要盡可能避開人多的地方，但現在是暑假的出遊高峰，休息站裡到處人滿為患，大家都好奇地看著戴著口罩的兒子。

走進休息站的小型超市，他遞給兒子一張一萬韓圜的紙幣。看到有什麼喜歡的東西就買吧。這只是很平常的舉動，但兒子卻為此露出難得一見的驚訝和感動表情。兒子嚴肅地考慮了一下，優格、奶油口味的威化餅、運動飲料以及咖啡，然後抬頭看著他：

「可以買這些嗎？」

「咖啡不行。」

「這是給爸爸的。」

兒子拉下口罩，對他吐了吐舌頭，把咖啡遞給他。

就像夕陽下的旅人沒有眺望遠處的必要，他已經沒有任何期待莫大喜悅的理由。即便如此，人生還是有些喜悅的殘片，就像夜空中的星辰般閃閃發亮，這樣就夠了。

他用咖啡罐碰了碰兒子的臉頰，又把口罩拉好。

兒子指著賣店裡陳列的地圖冊。

「那本書裡有我們要去的地方嗎？」

「當然。你想要嗎？」

「好像很貴的樣子耶。」

「達雲，爸爸是有錢人呢。」

他誇張地用手拍了拍放在褲子後面口袋裡的皮夾。雖然他這麼說，但心裡某個角落忍不住刺痛起來，因為有個貧窮的父親，兒子才必須受兩層、三層憂慮的煎熬。

他們往停車的地方走去，兒子看到洗手間時說：

「爸爸，我想尿尿。」

「那邊的洗手間不行，裡面很髒。」

他拉著孩子的手，繞到休息站建築物的後面，磚牆旁邊的波斯菊早已性急地開花了。蜻蜓成群飛舞，很開心似地在波斯菊周圍盤旋。

「在這邊尿尿會被罵的。」

「沒關係。」

「很丟臉耶。」

「爸爸跟你一起尿，有什麼好丟臉的？」

兒子這才放心地拉下褲子。他站在兒子身邊說：

「我們來比誰尿得比較遠。」

兒子努力地把腰往前拱，小便就像在陽光下受了驚嚇似地噴得高高的。以前有過和兒子一起站著小便的記憶嗎？就算是第一次也不是什麼大事，但他卻沉浸在言語難以表達的感動中，望著兒子的小便，以及美得幾乎令人落淚的盛開波斯菊。

「我好擔心喔。」

「怕被人看見？」

「不是，是怕蜻蜓咬我的小雞雞。」

說完，兒子放聲笑了出來。

聽著兒子無憂無慮的笑聲，從一開始便沉甸甸覆在他心上的那分恐懼與不安終於吹散了。

幸好出院了。能出院真是太好了。如果一直住在醫院，也許到最後的最後，兒子都沒有機會這樣放聲大笑。

7

收起第三排座椅的後車廂還挺大的，卡式爐和野炊鍋組就放在裡面。爸爸在煮咖哩飯。削馬鈴薯皮、切洋蔥、剁肉……額頭滿是汗水。

爸爸說我們的車現在變成了餐車，如果把椅子全部放倒，就會變成臥鋪。爸爸很驕傲地說著，我也像個天真的小孩般覺得很開心，不過我知道車子並不是大就好。

我們的車是輛破車，其他的車都跑得比我們快，尤其是上坡的時候，我幾乎想下車，從後面用力把它踢飛。即使如此，我還是很高興，自從媽媽開走那輛紅色的跑車之後，我們終於又有了自己的車。

我趴在正中央的座位望著窗外，許多人好奇地看著車子裡面，然後又搖搖頭從我們身邊走過。的確，在休息站會自己做飯來吃的，大概就只有我們了。

但我不在乎，想笑就笑吧，儘管去吃滿是病菌的烏龍麵吧！

我拿起一塊奶油威化餅放進嘴裡。我喜歡威化餅的原因是它不用咬，就會甜甜地在舌頭上溶化，但這段日子我一次也沒吃過。不只是威化餅，沒有醫院許可的零食，爸爸絕對不會讓我吃。

看來我的病是真的好了，今晚非得對上帝做個長長的禱告不可。

翻開地圖冊找著爸爸跟我說的地方，是個叫「府南」的海邊，還得從江陵一直往南走才會到。爸爸說，只要有地圖，什麼地方都能去，就算迷路了也不用擔心。

爸爸把手放在我肩上，說：

「看地圖好像很好玩的樣子呢。」

「爸爸，我長大之後想當個探險家，就像發現新大陸的哥倫布那樣。」

我好想做沒有人做過的事情，像發明燈泡的愛迪生、成功繞行世界一周的麥哲倫。我想讓全世界都知道我的名字。發明家鄭達雲、探險家鄭達雲，光想像就很讓人開心對吧？但是爸爸卻不這樣想。

我曾問過爸爸，他希望我長大之後做什麼，但爸爸只是微微一笑，說「我希望你幸福」。也就是說，爸爸不在乎我做什麼，只要能幸福地過日子就好。

但幸福是什麼呢？爸爸曾經這麼對我說：

「和心愛的人在一起過日子，然後為了心愛的人做些什麼事。」

我覺得爸爸說的幸福就是愛。這麼說來，我想我已經得到幸福了，因為我跟世界上最愛的爸爸在一起呀！

但我不知道我能為爸爸做些什麼。為了能為爸爸做些什麼，首先我必須知道爸爸想要的是什麼；該不會是跟真妮阿姨結婚吧？

我不敢問爸爸；坦白說，我好怕。我想永遠跟爸爸兩個人生活在一起，但我現在是不是應該改變想法了？如果和真妮阿姨結婚是爸爸真正的幸福，那麼即使離他們一百步、一千步遠，我也會把爸爸讓給真妮阿姨。

車裡充滿了咖哩的辛辣香味。

爸爸很會煮菜，尤其是爸爸做的咖哩，真的非常好吃。媽媽只會買「三分鐘咖哩」或「速食醡醬麵」之類的東西，爸爸說這種速食的東西吃不得，噁心得要命。

和媽媽一起生活的時候，煮飯完全是爸爸的工作。爸爸說煮飯很有趣，但難道爸爸以為我沒注意到嗎？媽媽連一根手指都懶得動，爸爸沒有辦法，只好代替媽媽做飯。

▩

我們在原州過一夜。

我想早點看到海，但爸爸說時間很多，沒有必要這麼急。我很乾脆地聽了爸爸的話，倒不是覺得時間很多，而是我想，如果開夜車的話，爸爸會很累。

決定好住宿的地方後，我們就到外頭走走。我們手拉著手逛街，後來爸爸帶我走進一家玩具店。

「今天爸爸請客。」

其實已經買很多東西了。在離開首爾之前，爸爸帶我到百貨公司，買了又貴又帥氣的衣服，但不是現在馬上就能穿的；不知道為什麼，爸爸買的是秋裝。

玩具並沒有讓我特別高興，連樂高海盜船都能送人了，這也是理所當然的吧；但爸爸一直把東西塞到我手裡，而且盡是些貴得要命的東西。最後花了七千韓圜買了一輛馬達驅動的小汽車。

然後我們又去善一電腦，爸爸買了一片《大航海時代》的遊戲光碟，我當然反對，因為玩遊戲得用爸爸的筆記型電腦才行，這樣爸爸就沒辦法寫東西了。爸爸說他暫時不會使用筆記型電腦，還說，想當個探險家的話，這是絕對需要的一款遊戲。

現在我們在書店。爸爸覺得，如果要做長途旅行的話，我一定得有書看才行。

爸爸在挑書的時候，我翻了翻《七龍珠》[17]。曾經聽承鎬說過，《七龍珠》很有趣，他看的是卡通，內容是集滿七顆龍珠就可以實現願望的故事。

如果真的有這種事，可以讓我實現一個願望的話，要實現什麼願望才好呢？真煩惱，因為我是個有好多願望的貪心鬼啊！

嗯……首先是不想再生病了；如果爸爸能變成有錢人就好了；如果媽媽回來希望我們原諒她的話就太開心了；還有，如果能每天見到芸美就好了。

爸爸在我背後開口：

「有趣嗎？」

我輕輕推了推帽子，點點頭。

---

17 日本漫畫家鳥山明的作品，曾改編成卡通及電影。

「要買嗎？」

「可是這是漫畫耶！」

「漫畫也不是絕對不能看，不管是什麼樣的書，只要讀了以後可以讓人思考很多很多事情，那就是好書。其實爸爸在像達雲這麼大的時候，比起童話故事書，我更喜歡漫畫呢！」

「但我還是不買。」我說。爸爸問我為什麼。

因為《七龍珠》有很多集耶！總共有四十二集，全部買下來是不可能的，反正不可能在旅途中看完，那還不如一開始就不要買比較好。結果爸爸竟然把四十二集全部買下來了。

怎麼可能！我真的嚇了好大一跳。

爸爸一副要把全世界都買下來給我的樣子，大概是我病好了讓他太高興了吧。

爸爸好像敲門似地用中指敲敲我的帽簷，說：

「不過你要和爸爸約定，一天只能看一集。」

我立刻點頭。只是，為什麼覺得有點悲傷呢？連自己都不懂自己的感覺，能夠出院固然很高興，跟爸爸一起出門旅行更是求之不得，但為什麼我會變得這麼悲傷呢？

要把《七龍珠》全部看完要花四十二天。四十二天是這麼長的時間，我們也會在這段時間裡繼續旅行，但是四十二天過後，我們不會再回到首爾，當然，也不會再見到芸美。

我們離開書店，慢慢地走向今天投宿的地方。

我沒辦法像剛剛那樣握住爸爸的手，因為他兩手都提著裝有《七龍珠》的購物袋。

「會不會累？」

「沒關係。」

「爸爸背你怎麼樣？」

「我又不是小孩子。」

「爸爸想背你才這麼說的。」

爸爸蹲了下來，把背對著我。老實說，我是有點累了，爸爸應該看出來了；以前我只有在兒童病房走來走去嘛。

我曾經覺得爸爸的背比大海還要寬，但現在爸爸的背變得好窄，肩上的骨頭好像快要凸出來似的。

「達雲還是小孩子的時候，不這樣背你，你根本不肯睡；就像現在這樣背著你，要繞街上好幾圈你才肯睡呢。」

媽媽說過，我是個愛哭鬼，說養我一個比養十個孩子還累；但我沒有媽媽背我的記憶。

「爸爸會覺得不好意思嗎？」

「你覺得爸爸會不好意思嗎？」

我默默地摸著爸爸的耳垂代替回答，我在心裡說：將來長大了、有力氣了，我一定會這樣背爸爸。

8

兒子趴在緣廊看著《七龍珠》。第七集，這表示他們離開首爾的時間。在府南待了三天、在幻仙窟所在的大耳里待了一天，在破爛得像是舊襯衫的舍北又待了一天，然後在旌善的砂礫谷過了兩天。這段日子，兒子雖然苦於輕微發燒、嘔吐和拉肚子，但除此之外沒有什麼疼痛，實在太感謝了。

如果可以的話，希望能讓兒子在海邊停留久一點，但暑假的人潮真的太多了，只能躲在遮陽傘底下遠眺著大海，而且民宿一天要六萬韓圜，實在沒有餘裕多住幾天。為了兒子的健康，與其留在人擠人的海邊，不如去沒有人的地方還好一點。

他走遍了大耳里和舍北，想找個可以住的地方，最後會找到這深山野嶺的砂礫谷，是因為遇到了姓皮的老人。

當時在旌善的余糧市場買了些零嘴，正要走回停車的地方，兒子在樹蔭下和一位坐在長椅上的老人說話，手裡拿著應該是老人給他的玉米。

「爸爸，老爺爺給我玉米，我可以吃嗎？」

他馬上想到玉米不好消化，隨即又責備自己；多少次發誓不要再這樣不准這個不准那個了，卻又一直把兒子摁進泥沼之中。

「得先跟爺爺說謝謝呀！」

老人高聲大笑，回答：

「說了十幾次囉，真是個有禮貌的好孩子。」

老人看起來像是已經買好了，正在等巴士的樣子，腳邊放著兩大袋東西。

「老爺爺，您要到哪裡去？」

他們預定要到平昌，和老人剛好是反方向。但那只是預定，並沒有非去不可的理由；再說，他也不確定去了那邊是不是就能找到住的地方。

「我是個靠山吃山的老頭呀！」

老人拿山菜或藥草之類的東西到余糧市場賣，再買大約十到十五天份的食物回去。本來是找盤商幫忙賣的，不過因為想多賺點錢所以自己出來擺攤，結果延遲了搭車的時間。

到了目的地，老人送給他們靈芝和松茸，說是賣剩的。他一再推辭，老人說就當做車資吧，還說看他和兒子一起旅行，真教人心頭一熱。說完便下車了。

他看著老人離去的背影。當老人走過山谷間的小橋，要轉入未鋪柏油的山路時，他叫住了老人：

「您大概還要走多久？」

老人望著自己要去的方向；沿著山路往上爬，大概還要兩個小時才能回到住處。老人說。

「我送您到車子到得了的地方吧。」

山路沿著山谷往前延伸，到了香里就沒路了，那裡只有山裡的人自己闢出來的小路。老人的目的地是砂礫谷，從香里還得爬大約三十分鐘的山路。老人說自己走一輩子了，慢慢爬總是爬得到的。

他問附近有沒有可以住的地方，老人盯著他看了好一會兒。

「不是沒有人可以住的地方，只是這深山野嶺的，不是你們這些都市人住得慣的。」

「兒子的身體不好，我正在找可以讓他療養的地方。」

老人說他看得出來兒子身體不好，問了一些問題，他都照實說了。

砂礫谷是位於兩山之間、一塊坡度平緩的丘陵地。十幾年前，老人剛搬到這裡的時候，還有六戶靠著火耕[18]過日子，漸漸的，一戶走了，兩戶走了，現在只剩下老人一人寂寞地守著這座山。

老人說喜歡就住下吧，並從自己家裡分了間房間借他們住，連電都有，真是幸好，因為兒子最近正沉迷於電腦遊戲。

18 耕種方法的一種，多以森林焚毀後的林間空地充做耕地，直到土肥耗盡後廢耕為止。

就這樣開始了他們在山中的生活。有清淨的新鮮空氣、從岩縫裡冒出的湧泉，又不用擔心人群帶來感染的風險，這樣就已足夠。這裡彷彿是為他們兩人備好的最後安息之地。

但兒子是怎麼想的呢？才過了兩天，兒子有時已經會望著山頂發呆。兒子畢竟年幼，對大自然的深奧還沒有什麼太實際的感覺，尚未切斷對都市的依戀。

像是要把每一頁都烙印在腦海裡似的，兒子捧著《七龍珠》，一頁一頁慢慢地讀。在這裡沒有著急的必要，一整天慢慢地流逝，兒子好像也領悟到自己有很多很多的空閒時間。

他想著：是不是該帶兒子去散散步呢？一走下緣廊，皮老人也一副要上山的打扮，從自己的房間走出來。

「無聊的話，跟我去爬爬佛壇山吧！」

要說誰比較無聊的話，絕對不是他，而是兒子。為了空閒時間太多的兒子，他最近常牽著兒子的手，盡可能放慢腳步走在小徑上；告訴兒子樹木、野花與林間鳥雀的名字；在山谷間的岩石上背靠背休息時，和兒子一起唱著童謠；不然走約三十分鐘的路到香里看看已經廢棄的學校也好。

「準備一下吧。」

他連片刻都不想離開兒子身邊，於是搖搖手拒絕了老人的邀約；但彷彿看透他心思似的，皮老人去徵求兒子的同意。兒子問大概要花多少時間，皮老人說兩個小時就會回來。

「爸爸，我現在正在玩《大航海時代》，我得在爸爸回來之前找到日出國（Zipangu）[19]才行。」

兒子接受葡萄牙國王所賦與的任務，要找到日出國。日出國就是日本，在十六世紀這個遊戲背景中，日本還是未知的地方。兒子從里斯本出航，得搶在西班牙艦隊前發現日本才行。

皮老人催促著他，說有話跟他說，他才出了家門。

▩

苦櫪白蠟樹、遼東樺、西洋菩提樹、板屋楓、柞樹、白樺樹……

穿過鬱鬱蒼蒼的森林，跟著皮老人的腳步走上山路，經過十幾分鐘後，他已經開始上氣不接下氣了；但年近七十的皮老人卻不曾亂了呼吸。宛如攀登岩山的一匹山羊，動作順暢而柔和，簡直就像把山巒的所有縫隙都正確地縫合起來似的。

循著岩縫攀登於山間，皮老人一看到蕈類或藥草就把它放進背上的袋子裡。身體的每一個動作都彷佛與群山達致完美的和諧，有時卻又彷佛山嶺一樣神祕莫測。

19 在馬可波羅的《東遊記》中寫到，在中國東方有一座黃金之島，義大利文為「Zipangu」，後演變為英文的「Japan」。

常常得等他跟上來之後再繼續往上爬的皮老人終於登上山頂，這才坐下來休息。等他紊亂的呼吸稍稍平緩之後，皮老人開口說：

「明天開始，你也上山來討生活吧。」

「我沒辦法離開兒子。」

「醫院說無計可施了對吧？」

他用點頭代替回答。皮老人長長嘆了一口氣：

「呵，這麼虛弱啊。」

皮老人看著山下好一會兒，只是不斷折著腳邊胡枝子的枝條。

清爽的風像是包覆著整座山頭般不斷吹拂著，一隻茶腹鳾拍打著翅膀，在山谷間四處飛行，在山谷之下，山徑蜿蜒之處有一間房子，兒子正一個人待在那裡。

「我會隱居在這深山裡是有理由的。」

皮老人十七歲就開始在採石場工作，後來輾轉於古汗、舍北、太白等地挖煤，這樣過了大半輩子之後，開始出現了異常狀況。

呼吸急促、全身無力、連動動手腳都覺得力不從心。全身浮腫，但體重下降；咳嗽時痰很多、臉色青黑。原來是塵肺症，是由於煤礦的粉塵蓄積，導致肺部纖維化，是很慘的一種病。

住院約一年左右，卻完全沒有好轉的跡象。塵肺症是無法可醫的不治之症，住院也只能採取預防合併症和急速惡化的措施罷了。

他希望可以出院。反正也只是等死，那根本沒有必要待在醫院裡。別說孩子們的學費了，就連家裡的生活費也沒給，只能靠妻子當領日薪的臨時工，每天賺多少就是多少，他實在無顏要求疲憊不堪的妻子再來照顧他。

出院後過了大概一個月，他留下一封權充遺書的信，離家出走。帶著一斗米和少許味噌來到砂礫谷的山間，在山坡上挖了個洞過起穴居生活。他想：既然生命已如風中殘燭，那就把這裡當做自己的墳墓，等待死亡到來的那一刻吧。

一斗米吃完了，命卻還沒丟，飢餓立刻變成眼前最急迫的問題。他在山裡撿些果實和蘑菇之類的東西充飢，砂礫谷的居民也偶爾會拿些馬鈴薯和小米等食糧給他。也有藥草師說毒蛇對肺病有絕佳效果，熬了蛇湯給他喝。

久而久之，身體產生了變化。剛來砂礫谷的時候，就算到山澗喝口水這麼短的距離也得走走停停幾十次，好不容易才能走到；隨著時間經過，中途休息的次數慢慢地減少了，「活下去」的希望則越來越大。他開始什麼都吃，只要是可以吃的東西，藥草或山菜之類的都是現採現吃，也會設陷阱捕捉野獸，看到黑眉蝮蛇尤其高興。

四個月之後，他的身體狀況已經恢復到能和藥草師一起爬山了，簡直就是奇蹟；畢竟是連現代醫學也束手無策的身體、在出院當時已經百分之六十以上纖維化的肺部。他下山回家，家人正在為了替父親收屍而四處尋找他的行蹤，還以為他是死而復生了。

「我馬上到醫院去，想確認我是不是恢復健康了。結果你知道醫院說什麼嗎？不立刻住院會很危險。」

他沒有住院，反而回到了砂礫谷。這十幾年來，他以剩下百分之四十的肺功能在山間生活，而且，身體習慣了山林之後，連感冒都不曾有過。除此之外，他靠著販賣藥草供兩個孩子讀完大學，最起碼也算盡了一家之主的責任。

聽著皮老人的話，他不斷地思考著：讓皮老人恢復健康的原因究竟何在？難道是因為他遍嘗的百草發揮了神奇的功效嗎？

但他心裡極力否認。這不過是偶然、是僥倖罷了，不亞於那種不知從何而來的神奇偏方：對患有不治之症的人有如何如何的效果。諸如此類毫無根據的荒誕之事實在太多了。

他已經不知道面對過多少次簡直跟詐騙沒兩樣的誘惑了：吃炒過的蟬的幼蟲、用某種水煎煮某種藥草再喝個多少次之類的民俗療法、服用那些離群隱居者灌注心血所製成的仙丹，甚至還要他去找某間祈禱院中據說有驚人治病能力的超能力者……

所謂的不治之症，也不過就是現代醫學尚無法解決的課題罷了，就像克服了使中世紀淪為黑暗時代的黑死病和天花一樣，簡單就能治好白血病的那一天也終究會到來。沒錯，雖然現代醫學對眼前問題的無力讓人感嘆，但也沒有必要因此而不信任現代醫學。

「我不敢說什麼可以救你兒子的大話，不過也不能什麼都不做吧！明天開始，你就跟我一起採採藥草、抓抓蛇吧。」

他鄭重地回絕了皮老人的提議。

他已經接受了兒子將死的事，雖然不願意承認，但這就是現實；而兒子所期望的，大概也就是父親能待在身邊如此而已吧。他也一樣，不想再離開兒子身邊，把一分鐘當成一小時，彼此相守；把一天當成一年，生活在一起。

▩

但是，第二天他還是跟著皮老人一起上山了。

並不是皮老人神奇康復的事情改變了他的想法，而是皮老人說可以救兒子的話變成強烈的誘惑，雖然他不想受誘惑驅使，但讓他苦思一夜卻是事實。

那天下午，皮老人從山裡回來後，拿了說是可以當晚餐配菜的松茸和香菇。他只是加上少許辣醬，再用平底鍋拌炒，沒想到兒子很愛吃這道菇類料理，真是出乎意料之外。從來沒說要多添一碗飯的兒子，竟然輕輕鬆鬆就吃了兩碗飯。

真是太讓人驚訝了，不，應該說他高興得差點掉淚。光是看著孩子一口一口把飯吞進肚子裡就飽了，這就是父母啊……

「爸爸，香菇真的超好吃的，每天都想吃耶！」

他找到了非上山不可的理由。

香菇、松露、鴻喜菇、高大環柄菇、松茸、猴頭菇……他走在山裡，眼睛一直盯著各式各樣的蕈類，但心裡的某個角落卻沉重不已。他覺得兒子好像坐在緣廊等待自己回家似的，不斷往山下望去。

上山的第二天，走在前面的皮老人喊住了他：

「你知道這是什麼嗎？這是據說生要千年，死也要千年的紫杉喔！聽說它可以防止災厄，拿回去放在屋子裡吧！」

兒子好奇地看著奶白色的紫杉木塊，問：

「隨便我怎樣都好嗎？」

「當然。」

「這樣的話，我想用它來做玩具。借我雕刻刀。」

紫杉質地柔軟、木紋細膩，最適合雕刻，但如果割傷了手可就麻煩了：因為兒子血小板不足的緣故，不容易止血。

他馬上帶著兒子到余糧，買了一組雕刻刀和砂紙。他想到兒子的餘命，再學什麼新的東西其實都只是浪費時間，不過他誠心期待兒子可以熱衷於雕刻，而兒子也投入比《七龍珠》及《大航海時代》更多的熱情於雕刻之中。

他就像不斷把餌食帶回巢中的鳥爸爸一樣，不斷帶紫杉木塊給兒子。當兒子知道如何雕刻，再用砂紙打磨出光澤後，很快就顯露出優秀的才華。

來回山林之間的日子過了一個禮拜。

大概在接近博芝山山頂的地方，有兩塊搭成人字形的岩石，裡面約為一個人大小，他正覺得這個地方用來避雨倒是不錯的時候，一樣東西吸引了他的目光：中型野獸的骨骸。骨架的模樣還保留著，而頭骨就這麼朝著外面，靠在腿骨上。

就像衰老的大象會離開象群，到洞穴中等待死亡一樣，牠也知道自己死期將近，而來到這個臨終之地吧。之後想必是看著自己生於斯長於斯的世界，就這麼慢慢地死去。

只要走過去就好了。但他卻愣愣地望著野獸的骸骨，心裡的悲痛如煙霧裊裊升起：他也一樣，為了尋找臨終之地而來到砂礫谷。

「這不是獐[20]嗎？」

皮老人不知道什麼時候靠了過來，在他背後說著。

「骨頭還沒散亂，大概沒受到野獸的襲擊吧，肉就這樣在骨頭上腐化了，這可是極品啊。聽說用獐的骨頭熬成的獐骨湯對關節炎有立即性的效果呢。」

因為長期服用抗癌藥物的緣故，兒子的骨頭很脆弱。皮老人說看著他時不時就要幫兒子按摩手腳的樣子，早就想找獐骨了。

皮老人就像在刑案現場辦案的老練刑警，仔細地用麻袋收拾好。他眼中所見盡是那頭獐令人哀傷的臨終，雖然試圖阻止皮老人，但毫無效果。

20 小型鹿科動物，頭上無角。

皮老人對孩子說是牛骨湯，一天讓兒子喝好幾回獐骨湯。果然有立即性的效果，才過了三、四天，兒子就不再喊手痛腳痛了。

還不止如此。兒子的臉色日漸紅潤，長了肉了，食欲也變得旺盛起來；不再上吐下瀉，不再突然發燒、牙齦不再出血，連痙攣的症狀也消失了，而且也不再整夜輾轉反側。真是不可思議。兒子並沒有完全痊癒，只不過是把白血球數值壓低罷了，這就像是抱著一顆不定時炸彈過日子一樣，但兒子的模樣很明顯地和以前不同。

是不是自己的判斷力變得遲鈍了呢？他每天都會在心裡懷疑好幾次，這個時候他就會摸摸兒子的耳根，如果耳根的淋巴腫大，那麼眼前所見的好轉徵兆就不過是個假象罷了。但是，當他用顫抖的手指觸摸到的，是兒子說不定奇蹟似康復的希望，他忍不住想立刻飛奔到醫院，確認兒子的狀況。

只要不放棄希望，人就不會死。

這陣子他忘了，不，應該是想暫時否定這嚴苛事實的存在，他只是希望孩子可以不帶痛苦地走向人生終點。但兒子的狀況確實一天比一天好，現在任誰看到兒子都會說他是個健康的孩子，皮老人也證實了這一點。

「你的誠心感動上天了呀！」

就和皮老人一樣，他開始採到什麼就讓兒子吃什麼。他整天都在山上採草藥，就算為了採一株淫羊藿[21]而攀登懸崖峭壁也不以為苦，就算見到毒蛇也絲毫不覺恐怖，想也不想便伸手去抓。

9

轉眼間，一個月過去了。

夏天無聲無息地離去，早晚開始吹起冷風，博芝山上的樹木也換上不同顏色的衣裳。

「這山裡的天氣啊，秋天都還沒來就已經變成冬天了。」

爺爺說這裡的冬天又長又冷，只要一下雪，就會積得跟屋簷一樣高，下雪的這幾天，除了關在家裡也沒別的辦法。

那還是在下雪前回到首爾比較好。雖然看到雪會很高興，但是要關在家裡真的很鬱卒；而且我還得上學，總不能一直在這邊偷懶吧。

爸爸現在正在廚房煮蛇湯。

啊啊，一想到就會起雞皮疙瘩的蛇湯。

---

21 多年生草木植物，根葉可入藥，功效為補腎助陽，治筋骨虛軟、風溼疼痛，也可應用於更年期高血壓的治療。

我大概已經被逼著吃下五十條左右的蛇了吧。想想，叫一個九歲的小孩吃這麼多蛇，而且沒有一天不吃，這說得過去嗎？

一開始爸爸還說是整隻雞熬成的蔘雞湯，我也這樣以為，而且味道也跟蔘雞湯很像。我最喜歡吃雞腿，但在湯裡老是撈不到雞腿，連雞肉都看不到，只有跟水一樣清的湯而已；爸爸一個人也不可能把整隻雞吃光光，這不是很奇怪嗎？

幾天前，我偷偷到廚房去，哇！我差點嚇得昏過去。爸爸正用筷子挾著一條蛇，準備放進熱鍋裡，而且那條蛇還在扭來扭去的！也就是說，爸爸每天把我一個人丟在家裡，就是跑去抓蛇，而且還要我每天吃讓人覺得不舒服的蛇。

爸爸是大騙子！

我當場就生氣地大叫說再也不要喝蛇湯了。爸爸跟我道歉，但也說無論如何還是得喝蛇湯才行，因為我之所以變得健康，都是蛇的功勞。

真的是因為喝了蛇湯，身體才變好的嗎？我才不信。不過說真的，我的身體是真的變好了，照現在的身體狀況，我有信心跟爸爸一起爬博芝山，而且還可以一口氣爬到山頂。但因為這樣就說都是蛇的功勞也太誇張了。

啊，可怕的蛇湯，還有頑固的爸爸。

出院之後，爸爸對我幾乎是有求必應，唯獨蛇湯的事無論如何就是不肯讓步，就像要我吃醫院的藥一樣；結果我認輸了，爸爸會這麼頑固一定有原因吧。

我現在一直在雕刻，已經雕出很多作品了；也許真的像爸爸說的，我有雕刻的天賦。松鼠、兔子、十字架、承鎬的臉、還有戴著花髮夾的芸美……

接下來要刻爸爸。其實我第一個想雕的是爸爸的臉，但我一直忍耐到現在，因為技巧還不夠純熟的緣故。明天完成之後，我要把它送給爸爸，然後跟爸爸說好，不管什麼時候都要把它帶在身邊。

爸爸端來了用大碗裝著的蛇湯。自從在我面前露餡之後，他就不再叫它「蔘雞湯」，而改口說是「藥」了。藥是不管怎樣都不能不吃的東西，反正就是恐怖的一刻。

我裝做沒看到，只顧著用砂紙把雕像上爸爸的鼻翼打磨得亮晶晶的。

「等達雲長大了，一定可以變成了不起的雕刻家。」

但我不這麼想。我絕對不會變成雕刻家，因為雕刻家和畫家感覺上好像差不多，而且我也不想被別人說我跟當畫家的媽媽很像。我啊，想當個詩人，就跟爸爸一樣。

爸爸一直誇我手很巧，不過這些誇獎的話其實別有用心，是為了哄我喝下蛇湯。

「該吃藥了。」

我裝做沒聽到，繼續用砂紙磨著。

爸爸摸了摸我的腦袋。頭髮幾乎都長出來了，已經不是和尚頭了。看著鏡子，覺得終於回復自己真正的模樣，很自然地笑了出來。拜託頭髮快點長長，這樣就可以讓爸爸把手伸進我的頭髮裡，盡情地把我的頭髮弄亂，爸爸很喜歡這麼做。

「來吧，趕快喝完，我們去香里吧。」

總是這樣，爸爸老是把開心的事和討厭的事一起端出來。

到香里大概要走三十分鐘的下坡路才會到。香里有座廢棄的學校，去那邊玩真的很有趣，這種好像整所學校都由我獨占的感覺真的超棒。我們大概三天就會去一次香里，雖然我很想每天都去，但是爸爸每天都要上山採香菇和抓蛇，忙得很。

我捏著鼻子、閉上眼睛喝著蛇湯。

是只有我這樣，還是大家都這樣？說來好笑，不知道是蛇湯的時候還覺得它滿好喝的，但現在看到它只覺得噁心。可我還是忍耐著把它喝到一滴不剩，因為這樣爸爸才會覺得放心。

▩

我喜歡這種不熱也不冷的天氣，還有吹過鼻尖的微風和彷彿用藍色顏料畫成的高聳藍天。

和爸爸牽著手，沿著溪谷往下走，小路兩旁的花兒們在風中搖晃著花瓣，向我做了三天分的問候。紫花野菊、馬蘭、風鈴草、女郎花、戟葉橐吾、白山菊……在森林和山谷裡還有日本山雀、赤腹山雀、黑頭翡翠、河烏、茶腹鳾、長尾山雀等等的鳥，「啪啪」地拍著翅膀來回飛翔。北栗鼠和松鼠在樹和樹之間跳來跳去的，一直看著我們。

爸爸一一教我這些花草鳥獸的名字，花也好，鳥也好，爸爸沒有一個不知道。

校門口立了一塊指示牌。寫著一九八八年最後兩位學生畢業後廢校的事，到現在已經整整十年了。爸爸說，是因為原本從事火耕的居民們都搬到都市去的緣故，學校才會關閉的。也就是說，這所學校在我出生前就已經消失了。

儘管如此，操場上還是有溜滑梯、單槓、翹翹板，連足球的球門框都還留著，向日葵和雞冠花也都還在教職員辦公室前的花圃裡盛開著。為它們澆水除草的值日生們都不在了，但它們並沒有忘記以前的事，默默地發芽、默默地開花。

教室牆壁上的塗鴉就這樣留著。

看到「永錫是笨蛋」、「炳泰是大笨蛋」這些塗鴉讓我變得好難過。永錫和炳泰應該也跟我一樣孤單吧，所以前幾天我在牆上寫下了我的名字，用很小很小的字。

我們先走到單槓那邊。爸爸還是想讓我拉單槓吧；我知道沒用的，以前都只能吊在單槓上，一次也拉不上去。

「先深呼吸一口氣，然後憋住氣，肚子用力。」

爸爸扶著我的腰，讓我握住單槓。對，對，再一下子。爸爸加油的聲音迴盪在操場上。

喔喔喔！這是怎麼回事？我終於拉上去了，我成功了！

「好棒喔，真有你的。」

爸爸跪在地上，順勢抱住我，用力到讓我差點喘不過氣。我把下巴靠在爸爸肩膀上說：

「下次要做兩個。」

「再下一次當然就是三個囉。」

爸爸開心地笑了，但他眼裡卻含著淚，原來人家說「喜極而泣」是真的。事實上我也感動到連鼻子都紅通通的。

我們穿過操場，經過升旗臺，走進教室。教室一共有三間，我們選了三、四年級共同使用的教室。這是當然的啊，我再怎麼說都是三年級生。

我環顧教室一圈，和三天前一樣，沒有任何變化。

堆在教室後面的桌椅、放在打掃用具箱上那只扁扁的藥罐、貼在「我們的作品」布告欄上的畫……的確，沒有人會到這所已經廢棄的學校來，所以即使經過了十年，還是跟以前沒有兩樣。

爸爸跟之前一樣，把桌椅搬到黑板前，讓我坐下來。現在開始，爸爸是老師，而我是認真聽課的學生。

爸爸從地板縫隙裡找到一支粉筆，在黑板上出了五題分數乘法、五題分數除法。這些問題對我來說是小事一樁，我可是連六年級的方程式都可以輕鬆解出來的數學博士呢！

數學真的很有趣，但是芸美討厭數學，她說困難到讓她頭痛，不過我跟她說過，這就像找出隱藏在畫裡的東西一樣，只要找到過一次，以後眼睛很自然就會看到隱藏起來的部分，數學也是，只要解過一次，其他的問題也就自然解得出來了。

芸美很聰明，我想她可以了解我的意思。說到這個，芸美現在在做什麼？會想到我嗎？

好想寫信給芸美，而且我已經想好要在信裡寫些什麼：芸美，我現在健康得不得了。就用這個起頭。沒打聽到芸美的地址真是糟糕，真的很可惜。如果寄到教會，一定還是可以送到芸美手上的，但我想這麼一來，大家都知道我在想什麼了。

「接下來這題真的很難喔！會解的同學舉手。」

爸爸好像真的老師，一邊說，還用一隻手撐著講桌。我急忙把手舉得高高的。

「鄭達雲。」

爸爸如果當老師的話，一定是最有人氣的老師。他比我還了解我的感覺，也一定懂得其他孩子的感覺吧。

我用心算解出了十道題目，寫好答案後，等著爸爸宣布我得了一百分。

「猴子也有從樹上掉下來的時候啊！」

怎麼會這樣……最後一題算錯了！

笨蛋、傻瓜、豬腦袋！怎麼會忘記約分呢？我對自己生氣。

我和其他的小孩比起來，還有一大堆事情做不到。

賽跑一定是最後一個、不敢爬上溜滑梯、足球隊從一開始就把我刷下來，連單槓也只拉了一個；個頭小，力氣也小，動不動就要住院……所以我非得努力用功才行，只有念書，我絕對不能輸給任何人。

第四章　白晝之月

1

所有的事都很順利，一直到昨天為止。

其實也沒必要非得什麼都很順利，兒子恢復健康這件事對他來說就已經足夠了。他已經很久沒有活著的實在感：感謝今天的一切、帶著期待迎接明天、胸中充滿感激，而和這個世界根深蒂固的隔閡也一口氣消失無蹤了。

他相信要不了多久，兒子就會再回到學校去，不過沒有回到首爾的必要。他想像著把兒子轉到旌善的小學，自己在操場一角的櫻花樹蔭下坐著等兒子放學的模樣，然後一個人露出微笑。

只要再去接翻譯的工作，兒子的養育費等等就不用擔心了，賺到的錢供兩個人生活應該綽綽有餘，說不定他還可以再繼續寫詩。

他們馬上就要變成全世界最幸福的兒子和父親了，就像在秋日下不經意翻開的某個童話故事，不再擔憂、不再悲傷、不再寂寞的日子就在眼前。

但這一切說不定只是錯覺。就好比瞬間出現的海市蜃樓、將燃盡前的蠟燭那最後的光芒、只要相信還有希望就不會死亡的自我催眠，也可能是命運操縱者所施捨的最後一點廉價安慰或同情吧！

他背靠著牆壁站著，幾度瞪著鐵門緊閉的加護病房。他發誓再也不來醫院的，但兒子還是從急診室送進加護病房，再度住院。

離上次出院只過了三十六天，只撐得過這些日子也是沒辦法的事。

昨天中午以前，兒子還在埋頭雕刻；雙手平伸的耶穌像還沒完成。《七龍珠》還有六集沒看完，說不定，最後兒子沒辦法完成耶穌像，也沒辦法看完《七龍珠》。

昨天傍晚，兒子突然出現異狀。

突如其來，就像不請自來的客人，連做心理準備的時間都沒有，兒子就這樣突然掉進了地獄深處。

下山的時候，總是在門口迎接他的兒子正在睡覺。他叫醒兒子，給兒子吃了點蘑菇粥，但和平常不同的是，兒子說他吃不下，推說是白天睡太多了頭痛，便又睡去。

摸摸額頭，異樣地發燙，大概是感冒了吧？但就算單純的感冒也不能掉以輕心，感冒變成肺炎、肺炎變成呼吸不全[22]的可能性很高。即便如此，他仍急切地希望真的只是感冒

22 呼吸功能發生障礙使得氣體交換不充分（血氧過低、二氧化碳過高）的狀況稱為「呼吸不全」，若繼續惡化，則會導致呼吸衰竭。

而已，感冒畢竟算是最不糟糕的狀況。

他用有些顫抖的手摸了摸兒子的耳根，昨天都還好好的淋巴腺居然腫起來了。

不對，這不是真的！他一定是在做惡夢。

他像是被鬼神附身的靈媒，一邊不斷喃喃自語，一邊又摸了兒子的腋下和股間，走出房間之後，全身無力地癱坐在緣廊上。

他出神地望著深山裡早來的暮色。不知道哪裡的山谷裡傳來杜鵑飢餓的啼叫，準備過冬的樹木簌簌抖落枯葉的「啪啦啪啦」聲聽來好不淒涼。

復發，病又復發了。

是潛伏以待，幾乎查覺不到存在的白血病。它那令人厭惡的魔爪又抓住了兒子。

不知道過了多久，他覺得自己的心已經被撕成片片、被壓成碎屑了。他站起身，搖搖晃晃地走進房間。

兒子蜷著身子熟睡著。看到兒子的衣領沒翻好，他沒來由地生起氣：時刻不離眼前又如何？還不是一點用都沒有！他很意外自己竟對這些無聊事如此執著，並伸手把兒子的衣領整理好。

「達雲……」

聲音哽在喉嚨裡，無法再多說什麼，只好搖了搖兒子的肩膀。

「爸爸，我沒事啦，只是想睡覺而已。」

兒子擠出一絲微笑，隨即又閉上眼睛。

但是，兒子的雙眼卻沒有再睜開，抱起來不只像浸了水的麻袋般無力下垂、體溫也不斷上升，身體還不停打著寒顫。

他坐在兒子枕邊，同樣閉上了雙眼。

說不定這正是他所期望的。他曾經希望兒子在復發之前能過著沒有痛苦的日子，也希望大限之日可以靜悄悄地來到。事實上，他們的日子過得就像清澈的小河般平靜，如果真的就這樣在睡夢中離開世界，也該算得上稱心如意了。

可是……

他背起兒子，一腳踢開房門跑到外頭，順著山坡往下衝，大聲叫嚷：

達雲加油！我不能讓你就這樣走掉。時候還早呢！再活半年吧，不，三個月就夠了，等到秋天結束就夠了。沒錯，再多活一陣子，這應該不是什麼大不了或困難的事情，對吧？和爸爸一起，再多活幾天吧！

他已經不記得自己到底是怎麼到達車子停放的香里。難道你不知道嗎？明知道會變成這樣，還跑到深山裡生活？一路上都是悔恨、罪惡感和嘆息，直到抵達香里之後，他才發現皮老人跟在後頭。

到了旌善的醫院時，兒子已經陷入昏睡狀態，身體變得跟火球一樣燙，但嘴唇卻已發青，還不斷痙攣著。戴上氧氣罩後，聽從醫生說要馬上送到大醫院的建議，把兒子送上救護車，往原州去。

到達原州的醫院時，兒子的脈搏已變得非常微弱，示波器上的圖形也漸漸變成沒有起伏的直線。

「CPR、CPR！」

值班醫師近乎悲鳴地大叫著。聚集而來的醫生們把電擊器放在兒子胸口，只要一施行電擊，輕如羽毛的身體便高高地彈起，以電擊器電擊過的胸口留下了火烙般的紅色傷痕。

在急診室的十二個小時裡，兒子接受了兩次心肺復甦術，並移往加護病房。終於又有了自主呼吸，但持續的昏睡讓他完全無法安心片刻。

想哭的話就哭吧，就算在加護病房門口大聲哭號，應該也沒有人會說什麼。話雖如此，但他一滴眼淚也掉不下來。胸中百感交集，卻連一滴眼淚也擠不出來。

為什麼？到底為什麼會這樣……

面對兒子的命運、面對這個世界，不，是面對身為父親的自己，即使把骨頭都打碎，他也想用拳頭敲碎加護病房的鐵門。

▩

「多少吃一點吧。」

從醫院餐廳回來的皮老人說。

已經一整天沒有吃東西了，但是完全沒有飢餓的感覺。飢餓感什麼的太奢侈了，就算肚子餓，他也沒有簡簡單單就離開加護病房的立場。

「這裡的辣牛肉湯飯味道還過得去，這裡就交給我，你去吃飯吧。」

「老爺爺，您不回去行嗎？」

「反正也只是爬山而已；今天不爬就明天爬，就算明天沒辦法爬山也不會怎麼樣。」

皮老人在他手裡塞進一張寫著「辣牛肉湯飯」的餐券，推著他的背催他去。他好幾次以「不想吃」拒絕，但拗不過老人的頑固。

「你得先打起精神才行，再這樣會撐不下去的。」

醫院餐廳裡幾乎沒人，但他還是找了個角落坐下。他完全不知道辣牛肉湯飯是什麼味道，感覺就像強迫自己把砂子塞進嘴巴裡似的。兒子正在生死一線，但爸爸卻為了活下去把辣牛肉湯飯送進口中，這個事實讓他覺得驚訝、嫌惡，也覺得殘酷。

再怎麼努力張嘴吃東西，結果還是剩下大半碗。買了香菸和打火機之後，他走出醫院。

他得趕回加護病房才行。雖然除了會客時間之外，他絕對無法見到兒子；但說不定兒子醒了，正在找他。即使如此，他仍然沿著醫院外牆的小路走著。

腳步停下的地方有張長椅，長椅對面有幢磚造建築，上面有座明亮的十字架。既然是基督教系統的醫院，有教堂也沒什麼好奇怪的。

他坐在長椅上，點燃一根菸，就這麼盯著十字架看，每吸一口菸，都嗆得他咳嗽連連。住在山裡的時候，他是不碰香菸的，這是兒子的願望。

「看到爸爸抽菸的樣子，我會莫名其妙地覺得很難過。」

以前妻子也是這樣，當然妻子沒有用「很難過」之類的理由，只說她受不了菸味而已。但她受不了的或許不是菸味，而是他也說不定。直到現在他仍然不知道究竟哪一點讓妻子受不了。

他並不想為了渴求愛而活著。幼年時，他隻身走過那條又暗又孤獨的道路。他是遭到拋棄的幽魂，過的是艱辛的人生，但他不願意什麼都不想地隨便活著，也不想輕易依靠別人，與其經驗好幾段戀愛，不如只對一個人奉獻自己最深的愛情。

他相信在這個世上一定有一個人是專屬於他的，最後他遇到了妻子。他發誓，如果妻子給他五分的愛，他就要回報十分。然後，兒子出生了，他活了三十五年，就只愛過這兩個人。

妻子離開他的時候，他覺得自己就像一顆被放逐到無邊宇宙的星星。對於愛的無力之處，他怨恨過，也詛咒過，但世界末日並未因此來到，因為他還有兒子，支撐他活著愛著的就是兒子，只是為什麼，連他最後的愛都要離他遠去呢？

他不知道抽了幾根菸，接著突然從長椅上站起來，有氣無力地走向教堂。

教堂裡一片闃靜，不見有人禮拜。中央祭壇的右側掛著一副巨大的十字架，天花板上有微弱的燈光照著它。他走向十字架，每走一步，鞋底摩擦地板的聲音就迴盪在靜謐的室內。

他在十字架前跪了下來。如果真的有「神」這麼一位操縱人生的全能者；如果兒子所相信那位全知全能的「神」真的存在的話，他想質問祂。

不料淚水溢出了眼眶。他並不想這樣，他更想做的是睜大雙眼，瞪著十字架不放，可是熱淚卻情不自禁地流了下來，濡溼了他的雙頰。在瀕死的兒子面前無法流下的淚水竟這麼輕易、這麼一發不可收拾地傾流著。

神啊！沒錯，我並不認識祢，我連該怎麼跟祢說話都不曉得。但是我兒子認識祢，每餐飯前一定會獻上感謝的祈禱，連睡覺前也不會忘記禱告。對我兒子來說，我不信祢是他最擔心的事。我不知道這到底是不是正確的，但我不想干涉兒子的信仰，因為那是兒子想做的事……祢好殘忍，祢是冷酷的審判者。我只剩下兒子了，為什麼祢還要收回我僅有的希望呢？難道是我要求太多了嗎？難道是我的願望太過奢侈的緣故？祢應該最清楚，兒子一直活在與疾病奮戰的痛苦裡，沒有笑容，只有眼淚；沒有快樂，只有悲傷。不管多痛苦他都會忍耐，他是這麼可憐的孩子啊！他放棄了其他小孩理所當然擁有的權利，偏偏連媽媽也拋下了他，再加上一個無能到極點的爸爸，結果祢居然一直放著他不管！因為我兒子信任祢、依賴祢，所以我更無法理解祢為什麼這樣對待我兒子，太過分、太殘酷了！我希望兒子的信仰是正確的，也請祢當一個公平的神。我希望祢真的是全能的，也相信祢全能的力量可以救我兒子。請幫幫我兒子。我不知道祢的事情，說不定以後還是不知道祢，但是我以兒子的信仰和一個父親的身分祈禱，拜託祢，請祢救救我兒子。如果要沒有信仰的人付出什麼代價的話，那就把我的命拿去吧，我很樂意代替我兒子。除了兒子，我在這個世界上已經沒有任何期望了；可是他不一樣，他還有很多夢想，而且他也很愛這個世界，是個既聰明又有著純淨靈魂的人。請讓我代替他吧，請幫幫我兒子吧，拜託祢了。

2

「鄭達雲的家屬，姜大浩主任有事找您，請到二〇七號室。」

重症病患家屬等候室牆上的擴音器傳來這樣的通知。

住進加護病房已經過了兩天兩夜，然後又一個早晨到來。

彷彿穿著過大的鞋子踩在泥濘裡，時間就這樣殘酷地緩慢流逝。

受到隔離的兒子依然處在昏睡狀態，意識似乎就這麼永遠沉睡在深深的迷宮裡，肉體則靠為數眾多的醫療儀器維持那游絲般的生命。透過靜脈注射，抗生素不斷流入體內、胸口連接著心電儀的電極、赤裸的下半身接著排尿用的導尿管，氧氣則由兩根插進鼻子深處的管子供給。

他不能守在兒子身邊，也不能照顧他，只能等待每天兩次、一次三十分鐘的會客時間；只能握著兒子的手、撫摸兒子的臉頰、喊著兒子的名字……然後，除了祈禱奇蹟出現外，別無他法。

走向二〇七號室的途中，他腦中浮現許多想法，卻盡是些壞念頭，他忍不住對這樣的自己生氣。

「先觀察看看吧，現在還不能斷定什麼。」

每次巡房結束，他都等在門口向姜主任打聽兒子的狀況，但姜主任的回答每次都一樣，絲毫不見用心。面對只想再多聽到一句話的家屬，難道他們已經麻木了嗎？

為什麼他沒有想要當個醫生呢？如果自己是個醫生的話，就能早點發現兒子的病，也就不會把兒子逼到這個地步了。無意義的悔恨正襲擊著他。

走進二〇七號室，姜主任請他坐在沙發上，他坐下之後，姜主任也在他對面坐下，說：

「你兒子醒過來了。」

啊……他抬頭看著天花板，然後閉上雙眼，嘆了長長的一口氣，用兩手抱住頭。兒子真是了不起，是不忍心爸爸一個人孤獨活在世上，值得感謝的兒子啊。

「幸運的是，昨天晚上抗生素開始見效了，肺部發炎的部位減少了許多。」

「真的非常感謝你。」

「要安心還太早。我想你也猜到了，往後的治療會更辛苦，再說現在的狀況也不好。」

誠如姜主任所說，兒子的身體可說是千瘡百孔，意識雖然恢復了，但完全無法說話、雙眼也看不到東西，這是白血病細胞轉移到中樞神經所造成的。

對於白血病細胞轉移一事他已有心理準備，要不是這樣，兒子不會一下子惡化到這種地步，只是他無法接受語言能力和視力喪失的事。

「眼睛底部的網膜有出血的情形，這雖然是很特殊的病例，但也可以解釋為抗癌藥物在很久之後才出現的副作用吧。現在讓孩子在絕對安靜的狀態下輸入血小板，狀況應該可以好轉。但是語言能力喪失的原因目前還不曉得，有可能是暫時的呼吸不全導致語言功能損傷；雖然電腦斷層檢查沒有發現異常的徵兆，不過還是得再做一次精密檢查才行。如果檢查結果沒有異常的話，恐怕就是心理因素了。」

「心理因素是指……」

「當病人遇到劇烈的痛苦時，不管是有意識或無意識，都會對痛苦產生抵抗的反應，譬如說可能會拒絕使用語言，這有時候會出現在兒童患者身上，像是某種暫時性的自我封閉。」

到底是多大的痛苦，讓兒子寧可連話都不說……他心如刀割，只想大聲哭喊。

「如果只是暫時性的自我封閉，其實不用太擔心，只要心理上能夠得到安定，慢慢就可以恢復的。問題是白血病……」

姜主任定定地看著他，強調般地說：

「惡性白血球的數值相當高。既然已經有兩次復發的經驗了，為什麼還會這樣放著病患不管呢？我真的無法理解。」

一直到三天前，兒子的狀態好到根本無法想像他以前生病的樣子。但是，他沉默了，他有什麼資格，又該用什麼樣的口吻回答醫生呢？他是個就算稱為罪人也不為過的父親啊！

「現在他的身體狀況還沒辦法使用抗癌藥物，在孩子休克的狀況好轉之前也只能等了；而且就算再度治療，也還是得依照一開始為他治療的醫院所使用的治療計畫才行。更何況，那裡再怎麼說也是治療小兒白血病的權威醫院，所以盡早轉院吧。」

就算回到之前的醫院，一樣束手無策。

既然已經不可能接受骨髓移植，再回去接受那些毫無意義的治療，應該不是兒子所期望的吧！

他凝視著窗外好一會兒，又開了口：

「白血病以外的症狀要恢復正常大概要多久？」

「視力和語言功能我沒辦法很明確地說是什麼時候，但呼吸不全的問題，就現在的反應來看，大概要再三、四天左右；當然，也有可能需要更長的時間。」

出院之後還是回到砂礫谷吧。

雖然不是最好的方法，但也沒有別的辦法可想了，不能讓兒子再忍受被抗癌治療追著跑的痛苦了。

「請讓我見我兒子。不能等到會面時間了，我希望主任可以准許。」

▩

兒子還在睡，裝置在身上的各種醫療儀器也還是老樣子。

他心頭突然一冷：該不會又陷入昏睡了吧？但更換點滴的護士一句「恭喜你」證明了兒子已經甦醒。他坐在椅子上看著兒子。

才過了三天，卻已經不見兒子三天前的模樣。蒼白無血色的臉就沒辦法了，因為白血病患者就是這樣；但是在山林間生活所調養出的紅潤雙頰已然凹陷，上眼瞼也在眼窩上留下深深的陰影，半張著的嘴唇蒼白而乾裂。

又回到以前那個樣子了嗎？

他把到嘴邊的話吞了回去，心情彷彿回到拋棄一切從首爾出發的時候一樣。在砂礫谷熊熊燃起的希望之火熄滅了，放棄與絕望再度來到他腳邊。

因為有姜主任的許可，這次會面的時間比平常來得充裕。和昏迷狀態不同，兒子現在是自主性的睡眠，但他有種強烈的念頭，想把兒子搖醒。

爸爸，我想回家，你帶我離開這裡好嗎？

他腦海中響起兒子的聲音，兒子彷彿從意識的彼岸不斷向他傳達訊息似的；沒錯，只要離開醫院的話，兒子一定就能回到三天前的樣子。

「達雲……」

他雖然只是輕輕喊了一聲，但謝天謝地，兒子的眼睛睜開了；只不過很快地又閉上了。彷彿父親的聲音是在夢境裡聽見的，而不是現實。

他無法克制喉間的那股熱流，又喊了兒子一聲。

「達雲，是爸爸啊。」

兒子的眼睛再度睜開，轉過頭來看著他。因微血管破裂而布滿血絲的雙眼不斷找尋他的身影。喊我一聲爸爸呀！如此一來，我就可以暫時忘記心裡積累的憂傷和悲哀。但兒子蒼白乾裂的嘴唇只是動了動。誠如姜主任所說的，兒子喪失了視力和語言能力。

兒子的手伸向空中，他想立刻抓住那隻手，卻又不禁猶豫起來：一旦握住兒子的手，只怕他會克制不住哭出來。終究，他還是握住了兒子的手，問：

「很痛對吧？」

眼淚從兒子眼裡撲簌簌地滾了下來，接著，抽動雙肩無聲地哭泣著。他拭著兒子的淚水，結結巴巴地說：

「對不起。對不起，是爸爸……」

「是我把你搞成這個樣子。」他想這麼說，但他還是連忙把臉轉向窗外，無論如何都不想讓兒子看到自己的眼淚，就算兒子看不見，也無法說話，但那是他身為一名父親的不忍。

天很高很藍，飄浮著幾朵雲，外面仍然是平靜而眩目的秋日。那又如何呢？再平靜再眩目又如何呢？秋高氣爽的日子已經和自己沒有關係了。他強忍住激動不已的情緒，努力裝出開朗的聲音說：

「醫生說，最辛苦的階段已經過去。達雲又贏了病魔一次，爸爸一開始就知道你會贏的！」

兒子動了動嘴脣，使力睜開閉上的雙眼。他明白了兒子的意思：

「眼睛很快就會好了，再過幾天就可以說話。你可以想想等到可以說話之後，想先跟爸爸說什麼。」

兒子睜大充血的雙眼，輕輕點了點頭。

「看不見一定很著急對吧，再忍耐一下，把眼睛閉起來比較好。如果硬是想看見什麼，反而會影響你重見光明的時間。」

兒子又緊緊地閉上了眼睛。真是個聽話的好孩子，在經歷過無數難以忍受的痛苦之後，就算使使性子又有何妨，但兒子還是全盤接受，依然和以前一樣，是個坦率的孩子。

他把手伸進兒子的頭髮裡，輕輕摸了摸，然後說：

「爸爸去過教會了，也跟上帝禱告了。怎麼樣，高興嗎？」

兒子嘴角隱隱露出笑意，用力點點頭，緊閉的眼裡流出一滴淚水。

「以後爸爸也會去教會。」

在十字架前無法說出的誓言，在兒子面前卻毫無困難地做到了。他仍然無法馬上相信上帝的存在，但只要兒子願意，他可以天天上教會。

「你得趕快好起來才行啊，這樣我們才能手牽手一起去教會；為了要早點好起來，達雲的想法很重要。你懂爸爸在說什麼吧？爸爸以後會去教會，但相對的，你不可以再像這次一樣嚇爸爸了。下次再這樣我會生氣的，而且也會重新考慮去教會的事。你可以答應我嗎？」

兒子吃力地伸出小指。他也伸出自己的小指勾住，在心裡說：

復發，表示麻煩現在才正要開始呢！就算這樣也不能絕望，我們剩下的時間太少了，根本沒辦法浪費在絕望上。

3

兒子昏迷的時候，他腦子裡只想著兒子甦醒。但走出加護病房後，還有其他令他擔心的事在等著他。

又是錢的問題嗎？又是……

離開首爾時所準備的錢幾乎都還留著，尤其是在深山裡過日子，根本沒有可以花錢的地方。

但從急診室到加護病房，所費不貲，就算手裡的錢勉強可以支付，他也不知道以後的醫藥費該怎麼辦。

他腦中又浮現那些熟悉的臉孔。所謂的自尊不能用在這種地方。學校的同學、文壇的前輩晚輩、出版社社長、過去的同事……想到柳真妮的時候，他停住了。

「你到底在哪裡？手機怎麼都打不通？」

「我去了有點遠的地方，那邊沒有訊號。」

「再遠也是人住的地方吧？有心的話還怕連絡不到嗎？我知道前輩是個冷淡的人，但這也太過分了吧？你知道我找你多久了嗎？有人託我帶話給你呢。」

「帶話？」

「最近有沒有跟達雲的媽媽碰面？」

「最近沒有。」

「那我得跟你說。達雲的媽媽來找過我，她說有很緊急的事情必須跟前輩連絡。我也很煩惱，不知道該怎麼辦才好。我很生她的氣，不知道她現在才來這邊大聲嚷嚷些什麼，而且我也不知道前輩是怎麼想的。結果我還是把你的手機號碼給她了。如果是我的話，我才不理她呢，不過前輩是個很溫柔的人……我是個不賴的徒弟對吧？不過我這麼說可沒有別的意思喔，你懂吧？」

他當然懂。柳真妮明明在氣他沒有和過去一刀兩斷。

難道真的是這樣？自從兒子開始與病魔奮戰以來，他當真還有時間去留戀過去的兒女情長嗎？

話筒那端又響起柳真妮的聲音：

「我去過前輩住的地方了，也去區公所查你把戶籍遷到哪裡去了。你還真是人間蒸發了啊！後來，達雲的媽媽又來找我，說手機打不通，問我知不知道別的電話號碼。我什麼都不知道，是要怎麼告訴她？她說要商量達雲的事，所以要跟前輩連絡，留了電話給我。我告訴你吧？」

要商量兒子的事，指的到底是什麼事？對妻子來說，兒子不是只想忘記的存在嗎？妻子是那種決心走自己的路的那種母親，實際上她也是這麼做的。到現在才要找兒子，就誠如柳真妮所說的「現在才來大聲嚷嚷什麼」。

「不，沒有這個必要。」

「不過她找了我兩次，誠意十足呢，說不定真的有什麼急事。我把電話告訴你，你記一下。」

柳真妮一個字一個字地念著電話號碼。儘管心裡有所抗拒，但還是把電話號碼記在腦子裡。

「對了，達雲還好嗎？」
「我有一件事要拜託妳。」
他做了個深呼吸，硬是壓抑住內心深處翻騰的自尊。
「我需要一筆錢，如果真妮妳能借我的話，就算幫了我大忙了。」
大約五秒鐘的沉默流過，他又聽到柳真妮的聲音：
「達雲出了什麼事對吧？」
「在醫院。所以……」
「又發病了嗎？」
他以沉默代替回答。那端嘆了好長一口氣，長到幾乎把他吹跑。
「需要多少？」
他猶豫了一會兒，說出了需要的最低數目，然後又加了一句：
「我說不定還不了。」
「我想不會有這種事的。因為就算追到天涯海角，我也會追著前輩討回這筆錢的。反正，我得馬上見你才行。你在哪裡？」

▩

柳真妮就像她自己說的，馬上就到了醫院。

他對想看看兒子的柳真妮說得等到會客時間才行。如果可以的話，他並不想讓她看到兒子的樣子，這大概也是身為一個父親的心情吧。

但是，柳真妮發揮了記者的機敏，把三小時之後的會客時間提早到眼前。

在兒子面前的時候，她臉上一直帶著開朗的笑容，雖然兒子無法回應，還是東扯西扯地說了一大堆，但一踏出加護病房眼睛就溼了。大概是看到目不能視、口不能言的兒子，一時五味雜陳吧。

兩人拿著裝有咖啡的紙杯走出醫院，來到教堂前的長椅。一坐在長椅上，柳真妮便從皮包裡拿出手帕遮住了臉，肩膀開始不停顫抖。

而他只是遠眺著鬱鬱蔥蔥的雉岳山，抽起菸來。

天空湛藍，離日落還有好久，但沉不住氣的月亮已經升上山頭。和兒子蒼白的臉色相似的弦月混雜在藍天與太陽的光輝之中，混成一片慘不忍睹的不和諧。

柳真妮哭得一發不可收拾。

人家說女人哭的時候，不能叫她別哭，因為那只會火上加油而已。此外，女人哭的時候，也不能問她為什麼哭，因為連本人也不清楚到底為何而哭。

所以，柳真妮一開始因為兒子可憐而哭，然後又為他今天該怎麼辦而哭，接著又為前輩的心痛而哭。

這個世界上居然還有肯為我們而哭的人啊，為我們這孤單的父子倆。

即使他硬把目光移開，柳真妮的嗚咽還是變成長長的回音壓迫著他的胸口。他倔強地望著白晝裡的月亮；那失去光芒，誰都不屑一顧的白晝之月，好像非得要他關心注視才行似的。

「這些日子你們到底在哪裡、怎麼過日子的？」

因為柳真妮擔心的緣故，他將事實和盤托出。

說成了好長的一段故事。柳真妮或長或短地嘆著氣，靜靜地把故事聽到最後。他覺得自己就像坐在鏡子前面對自己說話似的，所以沒有什麼需要修飾的，當然也就沒有隱瞞的必要。

「以後你打算怎麼辦？」

「肺炎治好後，還是想回到那裡去。」

「山裡面？」

「那裡是好地方喔！真妮什麼時候也來玩玩吧，馬上就會喜歡上那裡的。」

「真的打算像出家人那樣過日子嗎？真的想這麼做嗎？」

「山裡的生活也是自成一格啊！」

「我知道前輩為了達雲一直努力到現在，也知道你遇到多少困難，世界上大概再也找不到像前輩這樣的爸爸了；但我無法理解你的行為，完全不像前輩啊！」

他一口氣喝盡已經變冷的咖啡，又叼了一根菸。還沒來得及點燃，他又聽到柳真妮急切的聲音：

「前輩，你老實跟我說。你真的能放棄達雲嗎？就這麼死在深山裡面真的可以嗎？」

誰希望這麼做呢？誰又能這麼簡單地下這樣的決定呢？沒有別的辦法了啊！他想這麼回敬她，但還是選擇沉默，點燃了香菸。

「回首爾如何？再試一次看看吧！前輩難道不會覺得不甘心嗎？」

這些情感早就全都經驗過了，就像用錘子鍛鍊用火燒熱的鐵一樣，再怎麼不甘心，日積月累下來還是會麻木的。

「如果是醫藥費的話，我也會盡力幫忙的。」

「謝謝。但不是醫藥費的問題，醫院的治療已經沒有任何意義了。我啊，不想再讓兒子忍受殘酷的抗癌藥物治療所帶來的痛苦了，真的。如果可以保證完全痊癒的話，別說抗癌劑了，再怎麼殘忍的治療都沒關係。只是，醫院雖然提過最後的方法，但那個方法也已經沒有機會了。那個時候，我想：我們還剩下什麼？我們還能做些什麼？」

說完之後，他望著青白色的白晝之月，長長地吐出一口煙。默默等他抽完一根菸的柳真妮問：

「你有打過電話給達雲的媽媽嗎？」

「沒有。」

「跟她聯絡看看吧！她說過要商量達雲的事情。誰曉得達雲的媽媽是不是有什麼辦法呢。」

「不會有什麼特別的方法的。更何況……」

更何況在和柳真妮通過電話之後，他不停地思考：妻子的出現對兒子來說，究竟意味著什麼？兒子能不能在剩下不多的日子裡將自己的這些困惑或混亂等等情感整理好還是一個問題，更何況，與其喚起過去的疼痛，還不如讓他放棄母親，就像這幾年一樣。

「前輩不跟她連絡的話，我來連絡！」

「就當我沒聽見。」

4

鄭達雲。

爸爸跟我說過這個名字的意思，那是剛進小學的時候。因為大家取笑我的名字，於是我對爸爸抱怨為什麼給我取一個會被大家笑的名字。

「你的名字有很棒的意思喔。你看看天空。天空裡的雲多漂亮，爸爸希望你能有所成就，就像天空的雲那麼高，所以才給你取了這個名字。」

也就是說，我的名字裡有爸爸的期望，爸爸希望兒子活在這個世界上能有所成就。

「有所成就」到底是什麼意思？好模糊喔。但是，有一件事我很確定，就是像現在一樣待在加護病房裡動彈不得，是什麼事都做不到的。

我不是人，而是故障的機器人。

為了修理機器人，得到處接上電線才行，就跟我的身體一樣。兩隻手、鼻孔、胸口……連小雞雞也有。另外，故障的機器人也沒辦法表達它有多痛，我也是，痛到快受不了，卻什麼也說不出來。

我真的脫個精光耶。而且不只是我，隔壁床的老婆婆、對面的阿姨，還有最角落的小嬰兒，如果把身上的被子拿掉，每個人都是脫得光光的。又不是脫光就能好得快一點，真不知道為什麼大家都要脫光？這種加護病房裡的每個人都得脫光不可的規定一定是醫院決定的吧，既然如此，那護士姐姐們和醫生叔叔們都要脫光才公平嘛。反正，我心情真的超級差，而且也覺得超級害羞。這麼說來，我現在的樣子跟我的名字完全相反了。

幸好，今天早上眼睛開始看得見了，就像隔著香里那所廢校的教室裡、那些很久沒擦的玻璃窗看東西一樣，白茫茫的一片。

好高興。爸爸說的話果然沒錯。我照爸爸所說的忍耐再忍耐，沒有勉強自己去看東西。

我已經在數著手指頭等待早上的會客時間了，好想趕快讓爸爸知道這個令人開心的消息，雖然還不能說話，喉嚨就像被一只大大的瓶塞塞住似的，但是要表達感覺的方法不是只有語言而已，對吧？

在等爸爸來的時候，我一直在練習把眼珠轉來轉去。不可思議的是，我越是想像爸爸開心的樣子，就越看得清楚，這讓我練習得更起勁。

可是這一切居然全都浪費了。我怎麼會像個笨蛋一樣睡著了呢？因為這樣，我才沒辦法讓爸爸高興。真的很生氣。如果叫我起來就好了，這樣我就可以把眼睛睜得大大地看著爸爸，用眼睛說好多好多的話。爸爸一定是就這麼看著我直到會客時間結束。

我想見爸爸想得不得了，好像幾乎要忘記爸爸的臉似的。

自從我恢復意識之後，每天都可以和爸爸見兩次面。因為我看不到爸爸的臉，也聽不見他的聲音，所以每一次都只能算是半次吧；嗯……說不定連半次都不算。因為爸爸話很少，就算說話也不會把心裡所想的都說出來，所以為了知道爸爸心裡在想什麼，不管怎樣都得看著爸爸的臉才行。

我到底在加護病房躺了幾天呢？

前天柳真妮阿姨來了，昨天砂礫谷的爺爺來了，今天誰會來看我呢？如果芸美來了，我會很高興，不過還是不要期待這種奇蹟比較好，對吧？如果是在首爾的話，可能性還比較高一點。

我要在這裡待到什麼時候才行？意識已經恢復了，像被玻璃碎片刺到的胸口也已經不那麼痛了，為什麼還不能移到一般病房呢？爸爸沒有說，而我還不能說話，所以也沒辦法問。

我討厭醫院，更討厭加護病房。

我討厭這裡的一切。好像有人把我的身體像紙一樣揉成一團，再塞進蛋殼裡似的，難過得要命。時間也過得太慢了一點，像隻懶蟲一樣，大概是誰把時針固定起來了吧，一天感覺就像一個月一樣漫長，而且除了會客時間以外，完全聽不到人的聲音，只能聽到「唧——唧」、「滴滴滴」、「卡嚓卡嚓」……的機器聲；而且，在這裡會讓我想起承鎬。

我也會像承鎬那樣死掉嗎？就像承鎬讓他媽媽傷心那樣，我會不會也讓爸爸傷心呢？

我有一套很寶貝的科學百科叢書，一套有十二冊，第八冊講的是淡水魚，裡面有介紹一種叫做刺魚的小魚。

刺魚是一種很奇怪的魚。

刺魚媽媽產完卵之後就不知道跑到哪裡去了，好像這些卵和牠都沒有關係似的，只剩下刺魚爸爸獨自照顧這些卵，如果有其他魚想來吃這些卵，牠就會賭上性命去戰鬥。刺魚爸爸不吃也不睡，拚命守護這些卵。等到卵孵化之後，這些小魚就會離開爸爸，去過自己的生活。而小魚們都離開後，孤零零的刺魚爸爸會把頭埋在石縫間，就這樣死掉。

刺魚爸爸為什麼要死掉？書上並沒有說明理由，但是理由其實很明顯。

刺魚讓我想到爸爸。

所以每次只要一翻到刺魚那頁，我心裡的悲傷就像天空中的積雨雲一樣突然出現。

啊，我的爸爸就像刺魚。

爸爸說過，最辛苦的時候已經過去了；他也說過，我會住院是因為感冒的緣故，只要感冒好了，就可以回到砂礫谷了。但是感冒住院怎麼會住到加護病房來呢？

如果我能說話，我一定會馬上問：是白血病吧？

以前接受治療的時候，我痛到恨不得馬上死掉算了，也曾經這麼向上帝禱告過；但是來到砂礫谷之後，我的想法改變了。在砂礫谷的這段日子，我連一次都沒有想過要死，真的好幸福，就連爸爸的臉也像太陽一樣明亮。

應該是白血病又復發了吧？

我想爸爸會把它當成重大的祕密，就算到最後也不肯告訴我。爸爸絕對不會對我說不好的事，不過我已經做好心理準備了，因為現在我身體的狀況就跟之前復發的時候非常像。

又要開始接受很辛苦的治療吧？聽說復發的次數越多，存活的可能性就越低。

可是我想活下去。為了要活下去，吃藥也好打針也好，我都有自信可以撐過去。我一下子長大了很多對吧？反正我就是要活下去，我想早點回砂礫谷過幸福的日子。這樣一來，爸爸也可以再次變得開朗；這樣一來，我就不用再擔心爸爸會變得像刺魚一樣。

▩

我做了個夢。還在夢境裡的時候，我就注意到我是在做夢。

穿著白色衣服的承鎬遠遠地揮手跟我打招呼。站在承鎬旁邊的是他媽媽，跟承鎬一樣，揮手跟我打招呼。雖然很高興，但我並不想走到他那裡，總覺得一旦過去就再也回不來了，這樣誰還要過去啊！可是我的腳居然自己動起來了，慢慢的，一步一步的。

爸爸！爸爸！雖然是在夢中，但我還是發不出聲音來。我心想：我得趕快從夢裡醒來才行。

「達雲。」

媽媽的聲音，媽媽的臉靠得好近，幾乎要碰到我的鼻子了。

我不是才從夢裡醒來，怎麼又做夢了？就像怎麼剝都看不到芯的洋蔥。我覺得好恐怖，一心想著：如果永遠在夢裡醒不過來該怎麼辦？

媽媽握住我的手說：

「達雲，我是媽媽。」

我用力閉上眼睛，再睜開。反覆做了好幾次，媽媽的樣子還是沒有消失，而且還可以感覺到媽媽握住我的手的真實感；然後，我看到站在媽媽後面的爸爸。

心臟噗通噗通地跳得好快，好像《白雪公主》裡面的七矮人在我胸口一起跳著舞。接著，我覺得好像有某個人把比冰塊還冷的什麼東西硬是塞進我腦子裡似的。

「媽媽來了喔！媽媽來了！」

原來如此，媽媽來了啊。但是，那又如何呢？

我不懂媽媽為什麼會來。媽媽一邊叫著我的名字一邊哭，但我不懂媽媽到底為什麼哭？

我知道自己哭點很低，只要讀到悲傷的故事，或者看到別人在哭，我的眼淚就會掉出來；可是只有這次，我無論如何都不會哭。

媽媽應該在法國吧，法國和畫畫對媽媽來說是最重要的；既然如此，為什麼會知道我的事，然後跑來這裡呢？應該是爸爸連絡她的吧？

「達雲，看得見媽媽嗎？聽得見媽媽的聲音嗎？如果聽得見的話，就說些什麼吧！」

我覺得說不出話來其實也挺不錯的。我能跟媽媽說什麼呢？我對她無話可說，媽媽應該也沒什麼特別想跟我說的話。媽媽完全不知道我是怎麼過的，也不知道我有多想念媽媽。

法國是很遙遠的國家，雖然媽媽從那麼遠的地方來看我，我卻一點都不高興；不，我覺得生氣，因為她丟下了我和爸爸。媽媽本來就是個自己想做什麼就做什麼的人，她做了那麼過分的事，至少也得反省一下才對吧。

「你恨媽媽對吧？」

爸爸呢？爸爸也恨媽媽嗎？

我看向爸爸，用眼神這樣問他，就像之前練習的，眼珠子轉啊轉的，但是爸爸完全沒有注意到。為什麼偏偏站在媽媽後面呢？除了爸爸之外，我不想讓任何人看見，但現在不得不也讓媽媽看到。

「原諒媽媽，媽媽也是不得已的。」

喉嚨突然覺得癢癢的，接著就咳了出來。咳、咳、咳……看我一直咳個不停，爸爸便走過來摸摸我的喉嚨。爸爸知道止咳的方法。只有爸爸一個人知道我所有的事，至於媽媽，關於我的事情，她什麼都不曉得。

爸爸的手總是那麼溫暖。

雖然說人的體溫都是一樣的，但為什麼有些人的手那麼溫暖，有些人卻那麼冰冷呢？難道手和心之間有我不知道的祕密通道嗎？

我把右手從媽媽手裡抽了出來，放在爸爸手裡，這樣媽媽就應該明白我的想法了，但她居然又握住了我的左手。要是會客時間趕快結束就好了，雖然對遠道而來的媽媽有些不好意思，但先對不起我們的是媽媽啊。

用手帕擦著眼淚的媽媽突然瞪著爸爸：

「你這個人到底是怎麼回事？好好的孩子怎麼會變成這個樣子？」

嘴巴好像開到底的水龍頭一樣，全都是口水，我「咕嘟咕嘟」地吞了下去，等著爸爸回話。

我以為爸爸一定會生氣，應該也會瞪媽媽，但爸爸只是看著我發呆。「唉！」我不小心發出嘆氣聲。

我生病的事怎麼能怪爸爸呢？媽媽什麼都不知道……真是急死人了。爸爸也真是的，怎麼好像真的做錯事一樣，什麼話都不說，到底想怎麼樣嘛！

我把眼睛睜得大大的，拚命對爸爸打暗號。真希望爸爸能像接收到捕手暗號的朴贊浩一樣，投個快速直球，把媽媽三振出局。

哪有這種明明因為自己差勁才被三振，結果跟裁判吵架的選手？不過說不定媽媽就是這種人。

爸爸沉默了一陣子之後，彎下腰直直看進我的眼睛。

「你看得見爸爸嗎？」

現在重要的不是這種事啦，爸爸。

「真的看得見爸爸嗎？」

我沒辦法，只好點點頭。爸爸的臉上好像一口氣點亮十根日光燈似地亮了起來。

「看得清楚嗎？」

我又點點頭。爸爸又問：

「看得見媽媽嗎？」

我不看媽媽，也不想點頭；老實說，我根本不在乎，完全，從頭到尾。

5

「你還真厲害。」

走出加護病房後，妻子劈頭就丟來這麼一句話。他追上妻子，問：

「妳這話是什麼意思？」

「我不在的這些年，你倒是徹底把孩子變成你這一國了。孩子連正眼都不瞧我一眼，我可是他四年不見的媽媽耶！恭喜你，你對我的復仇還真是精彩。」

復仇？他慌忙拉住妻子的手，妻子停下腳步，用力甩掉被拉住的手腕，抬高了下巴，擺出一副「你想說什麼就說吧」的模樣。

「達雲他很迷惑，那麼久沒見到媽媽了，不知道該怎麼辦才好，妳不要擔心。」

「你這種令人毛骨悚然的冷靜還是跟以前一樣，一點都沒變。」

「我只是希望讓妳理解達雲的心情。」

「那我的心情呢？我覺得怎樣都無所謂對吧？」

「妳知道我不是這個意思。」

「離開孩子這段日子，你以為我很輕鬆嗎？」

「我沒說妳過得很輕鬆。」

妻子用冷淡的視線瞪了他一會兒，然後轉身向後，往大廳走去。望著妻子快步離開的背影，他喃喃地說：

妳也沒變，跟我想的一樣。

妻子走上了她自己的道路，雖然經過這麼長的一段歲月，但他和兒子仍然無法成為和妻子同行之人。柳真妮的努力終究只是徒勞。

妻子停下來了。抬頭一看，朴仁相正從對面走來，遠遠地就向他伸出了手，不過他卻想著「朴仁相頭上那頂貝雷帽和之前看到的是不是同一頂」這種無聊的問題。

握過手後，見他呆站著，於是朴仁相開口：

「我有話想跟你說，還是找個安靜的地方比較好吧！」

他知道安靜的地方只有一個，把另外兩個人領到教堂前的那張長椅。朴仁相和妻子並肩坐下，他則在和兩人有些距離的地方，也坐下了。

一陣令人不快的沉默流動著。他把視線移向雉岳山那片蒼鬱的山林，前天看到的白晝之月已經升上山頂。

妻子看著朴仁相點燃菸斗，終於開了口：

「你來過畫展之後，我們就去了醫院，不過你馬上就辦出院了。」

明明說過三天後才出院的，而且還多等了兩天。不過，他什麼都沒說，只等著妻子繼續。

「我們見過閔主任了，閔主任說，那不是可以出院的狀態。為什麼你要讓孩子出院？

為什麼？」

「我非說明不可嗎？」

「我是那孩子的母親。我想知道我的孩子受到什麼對待是理所當然的吧？不是嗎？」

「我不想讓沒有效果的治療折磨孩子，就只是這樣。不曉得妳知不知道，抗癌藥物的治療比想像中要痛苦。」

「那又怎樣？因為痛苦，所以就這樣讓孩子等死嗎？」

「……」

「你這個人真的很不可理喻耶。不是愛孩子愛到連命都可以不要嗎？你這種人又怎麼會硬拉著孩子出院呢？」

「我不奢求有人了解。但我已經別無選擇了，就算同樣的狀況再發生一次，我還是會做同樣的選擇。」

「讓那孩子變成現在這種樣子，你還真敢說自己沒有責任！」

妻子破口大罵，氣得渾身發顫。朴仁相握著妻子的手，插了話：

「她的意思是出院出得太快了，我們一直在尋找鄭先生的下落，連出國的日子都往後延了。」

妻子用力地搖搖頭，說：

「不用再多說了，現在馬上把兒子轉到首爾的醫院去。」

「不，我做不到。」

妻子站了起來，大叫：

「你不想做的話，我來做！別再干涉那孩子了，你是個沒資格當人家爸爸的人！」

「妳別說氣話。」

朴仁相說著，拉住妻子的手，又讓她坐了下來。

對著秋日的天空和白晝的月亮所形成的不協調，他嘆了一口氣。妻子的話言猶在耳：你是個沒資格當人家爸爸的人！

他並沒有生氣，有的只是絕望，不是對妻子，而是對他自己。

他想成為一個好爸爸，不希望變成小時候往他手裡塞老鼠藥的父親，可是結果呢，他還是變成了一個失格的爸爸。兒子就要死了，但他除了眼睜睜看著，完全無計可施，是這樣一個無能的父親啊。就算被罵也是活該。

「鄭先生。」

朴仁相稍稍頓了一下，又往下說：

「我是個第三者，對於孩子的事，完全沒有立場說些什麼，但正如她所說的，還是轉到首爾的醫院比較好。」

「就算去了首爾，還是一樣沒有辦法。」

妻子代替朴仁相回答：

「就是因為有辦法才要轉院啊！」

他直直盯著妻子看。朴仁相的聲音宛如破空而來的利箭，刺穿他的耳朵。

「找到骨髓捐贈者了。」

「……」

「所以我們拚命在找尋鄭先生。」

他結結巴巴地說：

「之前醫生說找不到條件吻合的骨髓啊……」

「是在日本的骨髓銀行找到的。閔主任也說這是個奇蹟，就像達雲的兄弟姐妹一樣，一致程度簡直就是完美，就是那個叫什麼來著的……」

他接下朴仁相支支吾吾的語尾：

「組織相合性抗原。」

「對，就是那個東西一致。閔主任說能多快就多快。」

對於朴仁相的話，妻子又加了一句：

「你如果晚半個月出院的話，那孩子就可以接受移植了。你總算了解自己沒有資格當個爸爸了吧？」

他閉上僵硬的雙眼。就像數百數千發煙火一口氣點燃似的，刺得眼睛幾乎睜不開。

他就這樣閉著眼睛，結結巴巴地問妻子：

「該不會……該不會已經太遲了？」

「所以才在太遲之前趕著來告訴你啊！」

第五章　夕陽

1

知道骨髓捐贈者出現的消息之後，他便立刻將孩子送到首爾來。沒有必要再猶豫了。離開醫院是因為骨髓移植這個唯一根治方法的可能性消失了，現在又有可能了，當然要回去。

兩天前，他和閔主任第一次會談。

水剛燒開，我們慢慢聊吧。說出這般開場白的閔主任慢條斯理地品著茶。

「成為醫生的這二十年裡，我經歷過各種事情，但是呢，像達雲出院那天那麼心痛的事情倒不常遇到。達雲笑咪咪的，不停說著『真的很謝謝您』，我心裡可是恨不得找個洞鑽進去啊！」

閔主任又說，自從兒子出院後，那孩子的臉就不斷在腦海裡浮現。

「鄭先生是很特別的家屬。不只是我，兒童病房裡的醫療團隊也都這樣覺得。為了孩子奉獻一切的母親，我們看得很多，但像你一樣照顧兒子的父親可是第一次看到。如果換成是我，有沒有辦法做到像你一樣？不，我想我沒辦法。但是為什麼你會走到放棄孩子這一步呢？我不得不站在你的立場考慮，尤其你又是個寫詩的人，所感受到的痛苦想必比普通人更深吧！」

就因為他是寫詩的，所以對於痛苦的感受會更深？這一點他無論如何都無法同意，卻也不是什麼大不了的問題。他咕嘟咕嘟大口喝著茶水，等著閔主任的下一句話。

「就我國的現況來說，我們很少求助於國外的機構，不，應該說幾乎沒有。即使配對成功，接受捐贈之後也還有許多難關等著。言歸正傳，我把達雲的樣本送到日本的骨髓銀行；也有送到美國，但我特別關注日本。我在日本留學的時候，和很多醫生都有交情，我就直接拜託他們。我並不抱著一定會有結果的想法，坦白說，我覺得『有做到這樣已經夠了』，希望可以減輕一點心理負擔。」

總而言之，就是發生奇蹟了。

組織相合性抗原分成六個項目，沒想到居然找到所有項目都完美配對的樣本，是位名叫「綠」的二十一歲日本女性。小綠小姐一開始有些猶豫是否要提供骨髓給外國人，不過在閔主任友人的遊說下還是同意了。

「接著就是我們這裡的問題了；怎麼都沒辦法跟你取得連繫啊！我們不知道要等到什麼時候才能等到你跟我們連絡，這個時候，達雲的媽媽剛好來找我。」

目前為止，光是聽這些話，就讓他彷彿站在高高的懸崖上，不斷打著冷顫。誠如閔主任所說，這完全是奇蹟，只要走偏一步，奇蹟就會在瞬間化為泡影。將兒子的樣本送到外國的閔主任的熱誠、找到捐贈者、妻子的出現，還有和柳真妮的通話……

他不斷向閔主任表達由衷謝意，接著開了口；是在這兩天裡攪亂他的思緒，同時還混合了期待與不安的疑問。

「兒子的狀況非常不好，我想要接受移植，首先要先控制癌細胞，但是他能忍受抗癌藥物的治療嗎？」

閔主任承認惡性白血球的數值仍然很高，接著丟來一個令人意外的問題：

「你們之前住在哪裡？」

「在山裡。」

「多虧了乾淨的水和空氣，達雲的體力比我想像中要來得好。我本來還擔心如果身體已經到了極限、衰弱到無法接受移植要怎麼辦呢，現在放心了。」

難道是住在山裡面的時候，餵他吃的那些藥草和蛇奏效了嗎？如果真是這樣，那還真是謝天謝地。

「重要的是病患對抗疾病的意志力。有你在身邊，我相信達雲一定可以戰勝病魔的。」

閔主任露出自信滿滿的笑容，但他的心卻愈發沉重起來。兒子還是一樣無法開口說話，原州的醫院的診斷認為這是暫時性的自我封閉狀態；換句話說，兒子已經放棄對抗疾病了。如果兒子不開口，對抗疾病的意志就不可能再現。

「自我封閉？不是這樣的，他是想說話卻說不出口。因為癌細胞浸潤的緣故，使得聲帶麻痺。再等等就好，說不定明天或後天，他就會出聲叫你『爸爸』了。」

意思是說，只要抗癌藥物讓惡性白血球的數值降下來，聲帶的麻痺現象就會解除了，和對抗疾病的意志力沒有關係。他雙手緊握成拳，問：

「接受移植之後就可以完全痊癒對吧？」

「現在開始，我們要進入正式的移植療程了。移植的前置作業是首要關鍵，接著是能否順利生成，最後的問題是有沒有排斥反應。所有階段都順利克服的話，才能說是完全治癒。」

身為主治醫師的閔主任的回答無懈可擊，但這不是家屬想聽到的回答；他總覺得對方巧妙地迴避了他的問題。

「主任以前說過成功率的事，雖然很可怕，不過另一方面，對我來說也是分支持……」

「醫學上的存活率是指治療後五年內不再復發的狀態。因為五年過後復發的可能性非常低，所以可以視為完全痊癒。就急性淋巴性白血病的臨床病例來看，接受骨髓移植後的存活率可以將近百分之八十。」

居然有百分之八十！

他胸口一陣無法克制的激動。就算只有百分之二十，不，就算只有百分之十，他仍然有賭上最後一把的覺悟；沒想到竟然有百分之八十！

「馬上就會進行移植的準備事宜，會根據移植計畫組成治療小組，讓達雲接受系統化的治療。治療小組的主治醫師會由我來擔任；一般來說，主任不會擔任這個職務，這次是我自己要求的。」

又沒有人拜託你。不過他並沒有說出自己真正的想法，只好頻頻點頭。閔主任又說：

「我大概可以知道你對於這種不斷復發的日子有什麼感覺，不過這次請容我說一句：請相信我。相信我，一起奮鬥吧！希望還是有的，不，是一定會痊癒的，一定能帶著笑容離開醫院。當然，到那個時候，我也能理直氣壯地接受達雲的感謝。」

2

我在等爸爸。

從我醒過來到現在，已經過了整整兩個小時。爸爸跑哪裡去了？就算媽媽在，爸爸也不應該隨便跑出去啊！等待的時間越長，我就越覺得生氣，但我不想讓媽媽知道我在生氣。

媽媽每天都來看我。那法國和畫畫的事要怎麼辦呢？雖然法國和畫畫放個幾天也不會飛走，但我還是覺得媽媽早點回去她重視的地方比較好。

媽媽在身邊反而讓我覺得更不自在。好像有人把我的身體折了又折，塞進箱子裡似的；媽媽應該也是一樣吧，從剛剛開始，她每五分鐘就看一次手錶。

所以我想，她其實沒有什麼事要忙，大概只是媽媽的習慣吧，一種在醫院才會有的習慣。

媽媽跟醫院完全不搭。不是只有我這麼想，和我同一間病房的人都這麼覺得。沒有人對媽媽說過什麼，不過妝如果能淡一點、衣服能穿得普通一點、不要穿高跟鞋會比較好。

媽媽從冰箱裡拿出鳳梨罐頭，問：

「要吃嗎？」

我馬上搖搖手。

「那吃松子粥好不好？」

我搖搖頭表示回答。

「那不然喝牛奶好了？」

這次我只是一直看著媽媽。

媽媽的臉整個變紅。生氣了，搞不好會挨她一巴掌；如果是以前的話。爸爸從來不對我大吼大叫，但媽媽倒是常常揍我。

我把目光移向窗外。媽媽冷冷的聲音從我背後傳來：

「你這個孩子是怎麼搞的，吃東西還非得你爸爸拿給你才吃嗎？」

妳真的不知道真正的原因嗎？我雖然很想這麼問媽媽，但我還是一直盯著窗外。

「就這麼討厭媽媽？」

我想她並不是真的希望我回答，因為媽媽還不知道我已經可以說話了，而且媽媽對我的事本來就一無所知。

早上醒過來的時候發生了不可思議的事情。原本塞在喉嚨裡的瓶塞，不知道消失到哪裡去了。「啊……啊……」我發出小小的聲音，接著，我馬上就能發出「啊——」的聲音了。

從那時候起，我就一直等著爸爸出現，心裡一直想著爸爸笑顏逐開的樣子。我早就下定決心，等到我可以說話，要說的第一個字就是「爸爸」。

我聽到開門的聲音，馬上把頭轉過去。好失望，是鬍子叔叔。

這是第二次看到鬍子叔叔。第一次看到他，是前天從原州到首爾的時候，他跟媽媽一起來探病。頭上戴著貝雷帽，鬍子都快從鼻子下面長到嘴脣了，我馬上就決定要這樣叫他。

媽媽立刻走到鬍子叔叔身邊，他們說了一會兒話，然後，媽媽拉著鬍子叔叔的手往我這邊靠近。我每次看到鬍子叔叔都忍不住想：鬍子叔叔擤鼻涕的時候，鬍子上不會沾滿鼻水嗎？又不像刷牙一樣可以用牙刷刷乾淨……

「達雲，今天精神好嗎？」

鬍子叔叔開口說話的時候，連鬍子也很不可思議地跟著動。現在我還弄不清楚鬍子叔叔的真面目：他到底是什麼人呢？跟媽媽又是什麼關係？

我想問爸爸。但是，說實話，我沒有自信可以問出口。如果鬍子叔叔跟媽媽很要好的話，爸爸一定很傷心吧！

爸爸好像還愛著媽媽，絕對不會做出跟媽媽生氣時一樣的事；問題是，媽媽不愛爸爸了，她看著爸爸的眼神就像碎玻璃一樣尖銳，聲音也是冷冰冰的。

媽媽跟以前一樣，完全沒變。在法國的媽媽感覺好像跟被關在冰河裡面的「小恐龍多利」[23]一樣。所以媽媽才不會變老，思考的方式也完全沒有進步，對爸爸的感覺也還是跟以前一樣，對吧？

媽媽拿起皮包，說：

「媽媽有急事。達雲，你一個人沒問題吧？」

竟然問這種事，真是笑死人了。皮包都已經拿在手上了，為什麼還要問我的意見？就

23《小恐龍多利》是改編自同名漫畫的韓國人氣經典動畫。

算我說「不行」，她還是會走的吧！

「你再等一下，爸爸馬上就來了。」

媽媽把被子掖到我脖子下面，在我臉頰上親了一口，然後挽起鬍子叔叔的手，離開了病房。

我用手摸著媽媽剛剛親過的地方，胸口感覺像是亮起一盞小燈。怎麼回事？應該是手上沾著紅色口紅的緣故吧，啊……真是搞不清楚。

我馬上把那盞小燈關掉。然後開始想：鬍子叔叔到底是什麼人？該不會媽媽跟鬍子叔叔結婚了吧？怎麼可能，不可能的……我猜鬍子叔叔比媽媽大十歲，不，大二十歲。如果真的跟年紀這麼大的人結婚，那媽媽的腦袋一定有問題。

▩

他們說我的病又復發了，又得接受治療才行，而且比以前的治療還要痛苦。聽到爸爸這麼說的瞬間，我的眼睛就像壞掉的水龍頭一樣，不停流淚。

白血病真是煩死人了。

待在原州的醫院時，我就猜到是白血病又復發了。回到首爾、住進兒童病房後，我就知道我的預感成真了，該接受多辛苦的治療我也多少有所覺悟，但是為什麼我哭了呢？笨蛋，竟然這麼蠢。

「我很了解達雲的感覺。除了爸爸，還有誰懂呢？你就放心地哭吧。」

爸爸不停用手背幫我擦掉眼淚，但我卻把臉埋進枕頭裡。

我討厭大家！討厭爸爸、討厭上帝，討厭我自己！

為什麼大家都不放過我呢？我只是想跟其他的孩子一樣活著啊！我討厭看著那些小孩又笑又鬧、跑來跑去，自己卻只能嘆氣。為什麼大家都要這樣整我？爸爸到底是為什麼要把我帶來醫院啊？上帝為什麼不治好我的病呢？這麼多病，為什麼偏要讓我得白血病？為什麼不讓我死掉算了，還要讓白血病每天這樣折磨我？

過了一會兒，爸爸輕輕拍拍我的肩。我已經哭累了，看來哭也是一項苦差事呢。

爸爸扳過我的身子，說：

「你想想看：有一個人，他有十個願望；另一個人卻只有一個願望。兩個人同時跟上帝禱告，我問你：上帝會完成誰的願望呢？如果要滿足十個願望，上帝一定會很累。但是如果願望只有一個的話就不同了。爸爸的願望只有一個，我向上帝祈禱，請祂實現我的願望；我跟祂說，如果祂不肯聽我的願望，我以後就不再信祂了。這樣一來，上帝一定會實現我的願望的，我跟祂約好了。你不想知道我許了什麼願嗎？」

我想知道。我用小老鼠打噴嚏般的聲音回答。

「希望達雲早點長大，然後把芸美娶回家當新娘。」

「爸爸，哪有人許這種願望的啊？」

我笑了，就像有人搔我的胳肢窩似的。爸爸啊，還得等十年以上，我才能跟芸美結婚呢。我在心裡這麼說，然後想著這句話的意思。

換句話說，爸爸希望我能變得健康；為了變得健康，必須戰勝白血病。是這個意思對吧？為了要戰勝，不管有多痛苦都得忍耐，我猜爸爸想說的就是這個。

「但是爸爸，就算一次又一次接受治療，還是不斷復發啊！」

「達雲的病就像一棵不好的樹。目前為止的治療都是把樹枝切掉，但是只要樹不死，就會一直長出新的枝幹。醫生已經決定把樹連根拔起了。這次是最後一次了，這次的治療結束後，就不會再復發了，不會了，不會了……」

爸爸不斷重複著最後幾個字。在了解爸爸的心情之後，我不禁流下眼淚。

「達雲很快就會恢復健康了，到時候我們就可以一起去教會，光是這麼想就有精神了；達雲想的該不會跟爸爸不一樣吧？」

不。達雲也想活下來。我不想死！在砂礫谷的時候是這麼想的，在原州的醫院醒過來的時候是這麼想的，現在也是這麼想的。但是，好可怕！

爸爸一項一項跟我說明以前的治療跟這次的治療到底有什麼不一樣。上次出院的時候，並不是因為我好了。我要活下去的話，就必須要有跟我一樣的骨髓植入體內才行，但是一直找不到骨髓。

「醫院也好，爸爸也好，都放棄了達雲的病，因為沒有治療的方法了。會到砂礫谷去，也是因為這個原因。」

白血病無疑是一種會殺死我的可怕疾病，如果一直待在砂礫谷，我說不定會死，對吧？如果真是這樣，那爸爸要怎麼辦呢？

我腦袋中漂浮著一條刺魚，不吃不睡，一心照顧小孩的可憐刺魚爸爸。

「真的花了很多力氣才找到跟達雲一樣的骨髓呢。爸爸已經不想再看到你這麼痛苦了，但這是完全治癒的機會；雖然很辛苦，但就這麼放棄好嗎？爸爸無論如何都希望看到達雲長大成人、結婚、當爸爸。所以達雲一直這樣軟弱哭泣是不行的。」

我用力搖搖頭。爸爸又伸出食指戳戳我的臉頰。

「達雲的想法才是最重要的事：我可以忍耐、絕對不會輸給病魔、絕對要好起來……能這樣想的話就沒問題了。爸爸相信達雲一定可以克服困難的。」

爸爸也未免太相信我了。我是個才九歲的小孩耶！但是，就像爸爸說的，我知道自己應該要往好的方向想，一定要，這樣爸爸才不會變成可憐的刺魚爸爸。

爸爸從口袋裡掏出了什麼東西，原來是我給他的禮物，是爸爸的雕像。爸爸把它放在我的手裡，用力握了握。

「爸爸一直把它帶在身上，像這種時候，我就會看著木雕，想著：要加油，不要再擔心了，一切都會好轉的。這次輪到達雲了，痛苦的時候，你就看著這雕像，想想這些話，就跟爸爸一樣，這樣就會有力量了。爸爸會一直在你身邊的；爸爸哪裡都不去，會一直在你身邊，這樣還有什麼好擔心的呢？」

3

越過一座山之後，接著是一條深不見底的河。終於渡過大河之後，等著他的又是一道峭壁。日暮途窮、人疲馬乏。

這就是他的心境。想到兒子的移植費用，就有種望著峭壁，一片茫然的感覺。但是他無論如何都要爬上去，就算傷痕累累、滿身是血，不管怎麼樣都必須爬上這道峭壁才行。

那裡才是終點，是終結所有絕望、痛苦與混沌的終點站。只要能登頂，疲倦的肉體就可以找到安息之地，看著下方剛剛走過的道路，應該也能露出「剛剛真努力啊」的笑容吧！

兩千萬韓圜。這是移植手術預付金，是必須先繳納的金額。

另外還要兩千萬。包括移植前接受的各種治療，以及移植、骨髓生成和康復等階段所需要的醫藥費用。而且，因為捐贈者是外國人的緣故，機票和住宿等費用也都得準備。

和兒子完全痊癒相比，這一點錢實在算不了什麼；但手上的錢連付一天的醫藥費都不夠。

沒錢是很不方便沒錯，卻不能成為不幸的理由，所以他過去一直認為不必為了沒錢而覺得矮人一截。但自從兒子開始和疾病對抗以來，他了解到說這些脫離現實的話究竟有多蠢。金錢不一定能給人幸福，但卻有一下子把人推落不幸深淵的能耐。

他從一大早便四處奔走，拋下自尊去見朋友，也到各個出版社去。他有種在自己身上貼著「減價大拍賣」標籤的感覺，到處找出版社。就這樣，一天一天過去了，日落時分，回到醫院的路顯得如此悲慘而遙遠。

名人出版社的洪仁洙社長遲到了約一個小時才出現。

昨天和尹國成見面。尹國成說「乾脆找份工作算了。我姐夫的出版社正好有總編輯的空缺，我可以幫忙說說好話。」尹國成想必說了好話，但洪社長好像完全忘了有這回事。

焦急不已的他只好先開口：

「聽國成說，您在找總編輯？」

「我是有接到小舅子的電話啦。你真的想在我們公司工作嗎？」

「如果您願意給我機會的話，我一定全力以赴。」

「這樣的話，我反而覺得很不可思議：鄭先生為什麼無論如何都要進我們公司呢？以你的經歷和能力，選擇有名的出版社應該是理所當然的吧？」

「每個地方都有它的優缺點，我希望能找一個能完全發揮自己的能力，並且具有無限發展性的地方，所以我選擇了名人出版社。」

他說這些話的時候，臉上好像有蟲爬來爬去似的。以前他絕對不可能說出這種話，但他看著面露懷疑之色的洪社長，還是不停說著這些充滿自信的話。

「那麼，我們就一起努力吧。」

洪社長伸出手來，他低著頭握住對方的手。但是要決定還太早，他小心翼翼地提起話頭：

「關於薪水的事，我想……」

「上一任總編輯的薪水是一百二十萬韓圜。我相信鄭先生的能力，願意給你一百五十萬。」

曾有出版社出價到兩百萬，但他卻不得不拒絕。洪社長繼續說：

「我們公司的經濟狀況不太好，如果你能接受的話，對我們也很有幫助。當然，鄭先生需要考慮的話還是可以的。」

「謝謝您的抬愛，但是，我有一事相求。」

如果可以的話，他真想就這樣繼續沉默，只是他沒有其他說服洪社長的方法了。在說明兒子的狀況後，他又說：

「我想把我的能力和身體雙手奉上，全部抵押給社長；不管是企劃、編輯，還是行銷，任何工作我都會盡力做到最好。但是相對的，希望能請您預支給我三年份的薪水。」

洪社長像是睡到一半突然被人一棒打醒的樣子。他搖搖頭，說：

「我知道鄭先生你的狀況，但這個要求我無法接受，我想其他出版社也是一樣的。先別說要準備這麼一大筆錢是多大的事情，人連明天會怎麼樣都不曉得不是嗎？」

也不能說這一定就是無理的要求。出版界景氣好的時候，光是挖角的簽約金就可以到這種程度。

他其實也不想拿這筆錢，一想到得工作三年卻拿不到薪水，心就冷了，只是兒子的醫藥費又不能分期付款。就算叫他寫切結書也可以，請相信他，一定會讓出版社變得興盛。他不斷說著同樣的話，但在洪社長耳裡聽來很像是痴人說夢吧？洪社長一直到最後都在搖頭。

如果沒辦法答應他一次支付這些款項，就職本身就沒有意義了。交涉到此決裂。他不斷地確認自己的無能，這次又再度奪去一塊希望的碎片。

看他站了起來，洪社長便說：

「鄭先生，比起工作這件事，之前跟你提過的詩集你覺得怎麼樣？」

洪社長又老調重彈了。依市場考量，前面先放個二十首纖細感性的詩作，封面再放上一朵花的詩集。

他那剛剛抬起來的身子又坐了回去。

「詩，我是可以寫，但是真的可以賣錢嗎？」

「那要看鄭先生能寫得多有魅力，我們這邊可以再做一些符合市場的包裝。但首要是鄭先生得寫出不太難懂，又容易讀的詩。譬如說……」

譬如說，感傷的、符合少女口味的詩，洪社長說的就是這個吧。但是，洪社長提出了意外的提議。

「宣告只剩下多少餘命的兒子，為了救兒子而傷心悲痛的父性……就用詩把鄭先生的心情表達出來吧，就像寫手記隨筆一樣，這樣就可以了。我有種會大賣的預感。」

如果只是要寫些纖細敏感的詩，要寫幾首都可以。

因為鄭浩然為了錢，什麼事都肯做。結果到頭來只有自己一個人在裝清高啊！好吧，你們愛罵就罵吧，就算出賣身體也沒關係，如果連靈魂都能賣掉的話更好。但是居然連兒子都扯進來，這是他無法忍受的屈辱。

他雙手抱胸，把身體深深地埋進沙發裡。心裡的憤怒難以形容，但他想知道對方究竟想玩什麼把戲。

「對鄭先生來說，大概不會有興趣吧，但是真正的感情必須基於真實的體驗，對吧？這也不會讓詩的格調降低，你要不要聽我一次？我在出版業待了十幾年，這還是我第一次有這種預感，請你相信我。」

洪社長說得口沫橫飛，興致高昂，或許他已經在想宣傳文案也說不定；就像他以前當編輯的時候，在讀原稿的瞬間就開始煩惱要退稿還是要出版一樣。

對方說什麼都和他沒關係，他始終緘口不語；但洪社長的一句話還是很容易地就擊中他的要害：

「讓孩子活下去是最要緊的事對吧？」

他用力閉上眼睛。屈辱也好、憤怒也好、骨氣也好，這些感情都是過於奢侈的抱怨。現實如此明白且殘酷，一切都只為了救兒子。他不是早就下定決心，只要是為了救兒子，他連生命都可以捨棄。

「我可以付你很高的預付金。」

「大概會有多少呢？」

「五百萬韓圜你覺得怎麼樣？」

他搖搖頭，洪社長立刻接著說：

「鄭先生又不是不知道出版業的狀況，對吧？一本詩集五百萬，這已經很高了不是嗎？最近連一套三冊的小說都很難有這個價錢，詩集就更不用說了；連自費出版的原稿現在也都還在架子上堆了一大堆呢！」

他聽過放棄版稅，採取一次買斷的行情，但身為作者，這是能避就避的選擇。

洪社長考慮了一會兒之後，給了回答：

「再追加五百萬吧！超過這個金額就太冒險了，我絕對不可能去做的，鄭先生你應該很清楚才是。」

一千萬和四千萬的距離究竟有多遠呢？是山的一隅依稀可見微微閃爍的人家燈火，還是從地球到太陽系最後一個行星的距離呢……

他留下「這幾天我會給你答覆」的話，站起身來。

4

我很努力。

昨天的骨髓檢查也好，今天做的中心靜脈導管[24]也好，我都拚命地忍耐。

中央靜脈導管好恐怖。雖然已經做過好幾次骨髓注射了，但中央靜脈導管還是第一次做。想像一下：在右胸開一個大大的洞，會覺得很恐怖是理所當然的啊。

導管從那個大洞和我身體裡面的大血管連在一起，這就是中央靜脈導管。一直到我出院之前，這條導管都會像垂在我胸前的晒衣繩一樣，而且所有的藥都要從導管注入我的身體，這樣以後就不用再做靜脈注射了；我差點忘了說，日本姐姐的骨髓也會從這根管子打進去，救我的命。

24 中央靜脈導管（central venous catheter, CVC）是放置在大靜脈中的血管內導管，可以快速且大量地提供靜脈輸液，而對於周邊靜脈較具刺激性的藥物，便可改由中央靜脈導管注入。

我很努力地忍耐住了，連我都為這樣的自己驕傲呢！

但是，真的很痛苦。接上導管的胸口感覺就好像有人把滾水潑過來似的。一直覺得很想吐；腦袋裡面好像擠滿青蛙似地吵成一團，痛得不得了。今天早上開始掉頭髮，一夜過後，我的枕頭上滿是黑色的頭髮。

我手裡抓著爸爸的木雕。

每次我覺得難過、疼痛，或生氣得想哭的時候，就看著這尊雕像。沒錯，我正在為自己加油，對自己說「我不是有世界上最愛我的爸爸嗎？」

為了遵守和爸爸的約定，我拚命地努力著。但是曾經說過絕對不離開我身邊的爸爸，最近卻常常留我一個人。雖然有媽媽代替爸爸守著，但這跟我一個人沒什麼兩樣。

媽媽背對著我，站在窗邊，跟鬍子叔叔說話。真的有這麼多話好說嗎？唧唧咕咕的說個沒完。反正跟我沒關係，只是我的耳朵好像有腳似的，老愛跟著媽媽。

偶爾媽媽會回過頭來對著我笑。媽媽大概很想笑吧，反正她高興就好，媽媽跟我之間已經結束了，完完全全地結束了。

剛剛我終於問媽媽：鬍子叔叔是什麼人？我猶豫了好久才終於問出口，但是媽媽的回答很簡單。

「我跟叔叔結婚了。」

「那爸爸呢？」

「看來爸爸沒跟你說啊。媽媽跟爸爸以前就已經分手了。」

「為什麼？」

媽媽沒有回答，只是笑了笑。

「爸爸他……」

我想說「還愛著媽媽」。但我發現自己一旦說出這句話，就會變成笨蛋。不，這句話太悲傷了，為了我自己，也為了爸爸，還是閉嘴比較好。

我終於說出：

「爸爸並不恨媽媽喔。」

「媽媽也不恨爸爸啊，只是媽媽和爸爸兩個人的想法不一樣，所以才分開的。」

每個人都有自己的想法；哪來沒有自己想法的人啊？所以每個人都有不同的想法本來就是理所當然的事啊！我就是這樣，承鎬和我的想法不同，跟芸美也是，就連我跟爸爸也有意見不同的時候。我覺得，如果因為想法不同就分開的話，那這個人跟誰都不能變成好朋友了吧！

「叔叔在法國——當然在韓國也一樣——是有名的畫家喔！」

哼，還真了不起啊。我不想再聽媽媽說下去了，可是媽媽不知道我的想法，還繼續說著：

「媽媽受了叔叔不少幫助。」

說不定媽媽是因為鬍子叔叔是有名的畫家才跟他結婚的。說什麼跟爸爸想法不同才分手，根本就是騙人。

既然已經和爸爸分手了，為什麼老是跑來我這裡呢？

我直直地看著媽媽，想這麼問她。我對媽媽的回答其實一點興趣都沒有，爸爸跟我，是和媽媽不同的，我只是想明白地讓她知道這一點。但這個時候，鬍子叔叔突然打開門進來了。

我感覺到媽媽朝我這裡走來，鬍子叔叔也是。

「你從剛剛就一直在看什麼？」

媽媽彎腰看著雕像，我連忙把它藏進被子裡。

「給我看看。」

不行！討厭！我想對她大叫，但卻跟個笨蛋似地把雕像交到媽媽手裡。從以前我就很怕媽媽，只要是媽媽的命令，我絕對不敢不聽話。我猜是那時候的習慣還一直保留到現在。

媽媽拿著雕像仔細地看，問：

「這是哪裡來的？」

「是我做的。」

「是達雲自己雕的嗎？」

媽媽一臉驚訝的樣子。

才怪，其實是我在路邊撿的。我有一種非這麼說不可的衝動。理由我並不清楚，只是有種不太好的預感，但我只是這麼想而已，畢竟媽媽一直以來都瞧不起我和爸爸。

結果，我這麼對媽媽說：

「這種東西一點都不難。」

媽媽一臉不可置信的樣子，把雕像拿給了鬍子叔叔，而且沒有得到我的同意。鬍子叔叔的目光在雕像、我和媽媽之間游移，然後他問：

「真的是達雲做的嗎？」

說一次不信的話，說一百次一千次也不會相信。我沒說話，只是把手伸了出去，「把雕像還我」的意思。

「你以前學過雕刻嗎？」

鬍子叔叔沒把雕像還我，卻又問了一句。我搖搖頭。

「沒學過？叔叔不相信。」

「看到、摸到木頭，然後再聞聞它的味道，就能感覺出藏在木頭裡面的形狀，我只是讓它露出來而已。」

真的是這樣。覺得木頭裡面藏著爸爸就是爸爸，覺得木頭裡面藏著芸美就是芸美，用雕刻刀把不要的部分挖掉之後，爸爸和芸美的樣子就出現了。不是什麼很困難的事，也不是什麼值得誇獎的事。

鬍子叔叔看著媽媽說：

「真的可以看到木頭就知道裡面的形象？如果是真的，那可是驚世之才啊！」

媽媽摸著我的頭，眼睛卻看著鬍子叔叔。如果是爸爸的話，知道我開始掉頭髮，絕對不會像這樣摸我的頭。

「你喜歡畫畫嗎？」

鬍子叔叔這麼問我，但我回答「不」。

「有想過要學畫畫嗎？」

「沒有。」

「想學畫畫嗎？」

「不想。」

「達雲跟媽媽很像，都很有天分，叔叔很想幫你喔！」

我從鬍子叔叔手上搶回雕像，然後在心裡說：

像幫助媽媽那樣幫助我？我和媽媽可不一樣。

5

妻子說有話跟他說，硬是把他拉到醫院前的餐廳，朴仁相也跟著一起。進入包廂、點完菜後，妻子開口：

「我話先說在前面，我可沒有想跟你吵得臉紅脖子粗的。」

「我也是，而且也沒有什麼可以跟妳吵的。」

「我遲早得回法國去，在回去之前，有件事我想跟你說清楚。」

妻子看向朴仁相。朴仁相正把菸草塞進菸斗裡，妻子一時不知該怎麼接口。

「妳不用擔心達雲的事，安心回去吧，達雲會好好撐過去的。」

「我是擔心你撐不過去。」

「……」

「下午出納室在找你，我就去看看是什麼事，沒想到是欠繳醫藥費這種丟人的事。我是很想當場把帳結清，不過考慮到你的立場，我還是忍住了。」

「如果讓妳覺得很丟人的話，我道歉。不過妳能忍住真是太好了，我只是一時忘記結帳日而已。」

朴仁相吐出的煙讓他的鼻尖癢癢的。他真想抽菸，但兒子轉院到首爾之後，他就戒菸了。除了兒子討厭他抽菸之外，他也不想讓開始與病魔奮鬥的兒子再擔心什麼。

「你的事我都仔細地問過了；我不是想探你什麼隱私，我只是在意你到底能不能照顧兒子。公寓已經脫手了，對吧？我不想問你什麼時候、怎麼賣掉的，總而言之，你現在是沒有家的浮萍，沒有工作，也沒有財產。兒子的醫藥費你打算怎麼辦？」

「總有辦法的，跟妳沒有關係。」

「沒有關係？說得還真簡單。達雲也是我的孩子，是我懷胎十月好不容易生下來的孩子！」

「沒錯。我一直很感謝妳，可是妳不是有妳自己的人生嗎？」

他望了朴仁相一眼。朴仁相一隻手托著下巴，只是一直看著天空。

把現在的丈夫丟在一邊，妻子和前夫一直說著過去的事，朴仁相是什麼心情呢？如果自己和朴仁相易地而處，會怎麼做呢？能不能像朴仁相這樣動也不動地待在原地呢，不，應該會立即拂袖而去吧！不管怎麼說，眼前的狀況確實滑稽不已啊！

「沒錯，我有我自己的人生，但兒子也是我人生的一部分。」

妻子深深地嘆了一口氣，又說：

「我並不是現在才想要盡一個母親的責任，但看到兒子躺在那裡的樣子，我無論如何都無法丟下兒子不管。還有，我本來不想說這種話的，但是與其說達雲像你，我還覺得他更像我呢！」

「達雲像誰不重要。說重點，不用跟我繞圈子。」

「……我覺得不能再把達雲交給你了。」

「為什麼？」

「我剛剛也說了對吧？我想你也知道，不繳預付金的話，醫院不會同意把孩子轉到移植中心的。你現在別說兩千萬，連一毛錢都付不出來，再這麼下去，別說移植了，連接受治療也沒辦法，你只能跟以前一樣，把達雲再帶到山裡面。」

「這種事不可能發生，絕對不可能。」

「別說大話。雖然金錢不是萬能，但沒有錢萬萬不能，不是嗎？我知道你為了兒子一直很努力，就這一點來說，我願意給你足夠的補償；我沒有要拿孩子來交易的意思，只是就現實的選擇來說而已，這是為了達雲，也是為了你自己。」

補償？交易？現實的選擇？他笑出聲來，而且也只能笑，但卻覺得心寒無比。他的心情就像站在秋收後的荒涼田野，茫然眺望著西邊天空一般。

「總而言之，救達雲要緊對吧？為了救孩子，我當然覺得與其讓無能……對不起……讓無能的你來負擔，不如由我來負起責任。」

「就像妳認為的，我或許是個無能的父親也說不定。沒錯，就跟妳說的一樣，我一直是個失敗的父親，但我不是個壞爸爸，我不會眼睜睜看著兒子死。」

妻子的聲音聽起來就像用力壓住再放開的彈簧似的。

「不然你說怎麼辦？反正你就是要放棄孩子不是嗎？你說啊！」

「『放棄』？這不是談論孩子時可以說的話。」

「別挑我的語病，真是討厭。」

「……達雲和我有我們自己生活的方式，就像妳有妳生活的方式。我想妳對現在的生活很滿足，我由衷祝福妳能一直這樣過下去，也希望妳能這樣理解我們。日子很辛苦是事實，但不要認為我們以後也會這樣。」

妻子咬著下脣。他迎上妻子的目光，希望能早點結束這無法達成共識的對話。

「有件事我想知道。妳突然對達雲這麼執著的理由是什麼？我無論如何都想……」

「離開達雲之後，我的心就一刻也沒有安寧過。你知道嗎？即使是現在，晚上我還是會突然驚醒。」

「就為了讓妳自己心安、不想再做噩夢，所以要把達雲帶走？意思是我怎麼想都無所謂嗎？真是笑死人了。」

妻子倏然起身。

「拜託你，不要說得好像孩子是你的東西似的，真下流。」

「跟我沒關係，妳是達雲唯一的母親，不管是以前、現在，還是未來都一樣。我一直希望妳和達雲能彼此相愛、互相珍惜、好好相處，這種想法以後也不會變。就像孩子需要媽媽一樣，身為母親的妳想孩子、擔心孩子也是理所當然的。但是有一點必須說清楚：妳沒有從我這裡搶走孩子的權利，以前是，現在是，以後也是。」

「當年簽了那份放棄撫養權的聲明你就得意了？你以為事情真能如你所願嗎？如果你不見棺材不掉淚的話，那我只好使出最後手段了：訴諸法律你覺得如何？你可是個有不良紀錄的人喔！」

「不良紀錄？」

「難道不是這樣嗎？不顧醫院的阻止就中斷治療，把孩子趕到死神面前；更何況，你現在又沒有收入，法院當然會把孩子的撫養權還給我。」

妻子用嘶啞的聲音誇示自己的決心後，便打開門離去。

▩

雖然妻子離開了，但三人份的餐點還是送上桌來。

不該扯到兒子的養育問題的，就算妻子一開始就想把話題拉到這裡，但很久以前這個話題就結束了。他不想跟妻子爭論有沒有做母親的資格這種事，也許正如妻子所說的，是很下流的事。

但他無法理解妻子提到放棄撫養權的聲明時的態度。他從未要求她簽什麼文件，事實上妻子主動寄來聲明時，他也只是想著「這張紙到底有什麼意義」而露出苦笑。不過妻子說要「訴諸法律」的話，卻像一把突然刺進他胸口的刀子。

他並不恨妻子，反正已經是無緣之人，與其一直抱著憎恨，不如早點分手還比較好。

但他心想，或許將來會恨妻子也說不定。他的心因此安穩不下來。

他看著妻子那份河豚火鍋發呆，朴仁相把菸斗放在菸灰缸上，說：

「菜都上來了，要不要先喝一杯？」

「你喝吧，我吃東西就好。」

但他只吃了幾口，便放下筷子。朴仁相自飲了好幾杯後，把酒杯遞給他。

「請拿著吧，我想給鄭先生倒杯酒。」

朴仁相拿著酒瓶在杯子裡斟滿酒的時候，他陷入一種微妙的錯覺，彷彿兩男同爭一女，爭到最後竟互相推杯換盞似的。當然不是這麼回事，但他也沒有理由對朴仁相抱著憤怒之類的感覺。在他放棄妻子之後，朴仁相也不過就只是個不知名的男人罷了；只是每一次和朴仁相見面，他就像身處濃霧之中找不到去向的人，感到迷惘和痛苦。

朴仁相把妻子的酒杯拿到面前斟滿酒，說：

「不管過程怎麼樣，如果因為我的緣故讓鄭先生受到傷害，我先跟你道歉。我一直聽著你們說的這些話，但奇妙的是，與其說我站在妻子那邊，不如說我一直站在鄭先生的立場想。我已經五十歲了，說來慚愧，到了這個年紀還沒有當爸爸，所以無法完全理解鄭先生的感覺，但我看得出來達雲對鄭先生而言是什麼樣的存在。

他一時無法回答，只好尷尬地笑了笑。朴仁相把貝雷帽往上推了推，用手摸摸寬廣的額頭，接著說：

「鄭先生也知道，內人本來就是個不管後果的人，訴諸法律什麼的，也只是一時衝動才說出來的。如果她真的要這麼做，我一定會阻止她。」

「請你轉告達雲的母親。如果是為了醫藥費的話，請她不用操心。」

「也不只是為了醫藥費而已。該怎麼說才好……也許是她再見到孩子的那瞬間，沉眠的母性就甦醒了。」

沉睡的母性？如果真是這樣的話，他會由衷感到高興；如果那甦醒的母性能治癒兒子過去的傷痕的話。

對母親的恨意有一部分是來自於無法停止對母親戀慕的幼年記憶。他自己飽嘗辛酸的童年傷痕，就這麼在兒子身上重現了，這總是讓他覺得有所愧疚。

「總之，她的確很擔心醫藥費的問題。」

朴仁相定定地看著他，又說：

「我以前也窮過，現在因為畫畫，手裡總算有了些錢。希望你不要誤會我的意思，我想幫助鄭先生。」

「承蒙你這番話，我很感謝，但是請你不用費心。」

「我純粹只是想幫助你而已，這畢竟是內人生下的孩子，我無法坐視不管。」

那瞬間，他感覺到一股強烈的誘惑。

也許可以單純地接受這個男人的提議。他不是已經走投無路了嗎？難道不是自尊惹的禍嗎？這種無聊的自尊不如給狗算了。沒有必要堅持己見，就當他欠的，以後再還就可以了。但是……說不定他一輩子都要抱著此般悔恨活著。再說……不管付出多少犧牲，他都要以自己的力量守護兒子，絕不放棄。

他果決地搖搖頭。

「這是攸關兒子性命的事，如果朴先生是我的話，你難道想靠別人的援助救孩子嗎？」

「但內人不是別人啊。請你站在內人的立場想一想，為了孩子，內人是不是也應該做些什麼？」

「只要不是醫藥費，什麼都可以。除了這個以外，母親應該做的事還有很多。」

朴仁相露出困惑的表情，拿起菸斗點上火，吐出的煙就像是嘆了一口長長的氣。說：

「鄭先生的心情我了解了，我會說服內人的；但您有辦法籌措醫藥費嗎？」

「我還要一一跟你說明才行嗎？」

「我想了解，知道之後也好說服內人。」

「已經談好出版詩集的事了，條件很好，醫藥費輕鬆就能解決。」

其實這件事還沒決定，而且就算出版詩集也無法支付全部的費用。但他相信無論如何一定會有辦法的，當然一方面也是為了自我寬慰。

一陣令人窒息的沉默持續著。他正不知要如何離開比較好，朴仁相開了口：

「達雲對雕刻有令人驚豔的才能。完全痊癒之後，應該找個方法正式培養他的才能。」

「我覺得沒有這個必要，重要的是本人的選擇。在達雲自己還無法選擇的時候，這只不過是強迫而已，我並不想因為父母的欲望而讓孩子受苦。」

「達雲的才能接近天才，但如果沒有引導出他的能力，就不可能得到發展，最終只是個凡人而已。」

人生之所以令人疲憊的理由幾乎都出於極度的欲望，父母過度的期待只會毀滅孩子的人生。就算真的能發揮才能，如果是出於被迫而不得不選擇的話，在遙遠的將來，孩子也只會以悔恨的眼光回顧自己的人生罷了。

朴仁相察言觀色地說：

「說實在的，我很看重達雲的才能，妻子跟我的想法一樣，所以我們對孩子的問題才會這麼執著。」

他這才知道妻子所說「達雲像我」背後的意思。不過這邏輯也未免太可笑、動機也未免太不單純。意思是，如果兒子沒有才能的話，她對孩子就沒有興趣嗎？朴仁相就算了，連妻子都抱著這種想法，實在是太令人傷心了。

「如果痊癒的話，能不能把達雲的將來交給我來照顧呢？」

望著朴仁相手上菸斗冒出的縷縷輕煙，他終於問出口：

「為什麼你和達雲的媽媽不也生個孩子呢？」

「想要也沒辦法。」

朴仁相喝光杯中殘酒，不無苦澀地說：

「二十幾年前離婚的時候，我馬上就去做了結紮手術，算是表現我的決心，不再走入婚姻，要一心投注在繪畫上。但是後來遇到了內人，再加上年紀一天天大了，我真的覺得自己當初真是太衝動了。」

朴仁相再度把話題轉到達雲的將來，他連忙起身離席。

6

《惡性血液疾病患者接受骨髓移植前實施癌德星及全身性放射線調理療法同意書》、《惡性血液疾病患者接受骨髓移植前實施補束剋及癌德星調理療法同意書》[25]。

這兩份和骨髓移植有關的同意書，裡面包括了醫學原理、治療過程、風險及副作用、主治醫師的意見、患者及家屬同意簽名欄等等，印滿了好幾張紙。

---

25 癌德星（Cyclophosphamide）和補束剋（Busulfan）都是藥效相當強的抗癌藥物。在進行骨髓移植前，病人會接受這些藥物和放射線治療，以消滅殘存的癌細胞，並達到抑制病人免疫系統的效果，以防植入的骨髓受到排斥，此階段的治療稱為調理療法（Conditioning Regimen）。

這表示移植之前的調理療法要正式開始了。全身性放射線照射和高劑量抗癌藥物除了可以完全除去癌細胞、保留新的骨髓細胞的成長空間，也可以防止移植所產生的排斥反應。

他反覆讀著同意書中附加的風險警告：

骨髓移植有致命的可能性。

移植後，植入的骨髓可能會在接受者身上產生排斥反應，症狀可能很輕微，也可能很嚴重，狀況因人而異。

可能會對腎臟、肝臟、肺部、腦部以及其他器官造成不良影響。

可能會加重肝門靜脈阻塞患者的症狀。

全身性放射線照射可能導致不孕。

他顫抖著手簽下那份載明不論治療的結果如何，也不管治療過程中產生任何合併症，家屬都不會追究主治醫師及醫院法律責任的同意書。

明天上午兒子就要從兒童病房轉到移植中心，預備進行調理療法了。為此，他必須先繳納兩千萬韓圜的預付金。

他已經花了一個小時，在出納室裡，在宋主任的桌子前，像個做錯事，求主人原諒的僕人般，哀求著延期支付預付金。但在這一個小時裡，宋主任要不就是接電話，要不就是離開辦公室，要不就是和同事聊天，然後時不時露出毫不在乎的態度：

「你真的很急躁耶。聽好了，就算你這麼做也不能解決問題啊！」

他自己也覺得真的太焦急了。事情好不容易才有了進展，他卻在踏出起跑線後立刻轉頭往反方向跑走。

結果，他還是寫了合乎社長要求的詩。

每當構思詩句，並化成語言的時候，他就感覺到一股彷彿裸身走入人群般的屈辱感，連靈魂都因極度嫌惡而不停顫抖。為了完成一首詩，過去他會花好個月反覆琢磨，好不容易才找到適合的語句；但現在他只花了幾天就寫好十四首詩。不，根本不能算是寫。一來他沒有慢慢寫的餘裕，二來他也想早點忘記自己這副可悲的模樣。

洪社長答應中午前付給他一千萬的稿費，但直到銀行打烊，錢都沒有匯進戶頭。他半個小時打一次電話到出版社去，只不過洪社長老是不在。

暫時離開辦公室的宋主任回來了，看到他先是搖搖頭，接著又接起電話。僕人是無法對主人說些什麼的，只能等到主人的通話結束。好像是通知宋主任什麼聚會的電話，原來是軍隊同梯的聚會，而且還是海軍陸戰隊。

等到宋主任放下電話，他問：

「請問你是哪一梯的？」

敏銳的宋主任馬上回問：

「你也是海軍陸戰隊出身？」

見他點點頭，宋主任用相當緊張的聲音報出了自己在海軍陸戰隊的入伍梯次，也反問他入伍的時間，原來差了好幾梯。

「在哪裡服役的？」

他回答「白翎島」。宋主任嘴裡「啊」了一聲。

「我也是白翎島的搜查隊……」

他果然也是同個部隊。同是海軍陸戰隊，也都是訓練最嚴格的搜查隊出身，宋主任為此緣分感到驚訝與懷念，但立刻就以尷尬的表情看著他，接著提議：

「要喝杯咖啡嗎？」

宋主任也沒等他同意，便逕自走向門口。他馬上追上宋主任。站在大廳的自動販賣機前，宋主任丟了硬幣進去，買了兩杯咖啡。兩人拿著咖啡走到窗邊，一邊看著窗外夜幕低垂的世界，一邊喝著咖啡。

先打破沉默的是宋主任。

「我不知道你是學長……請原諒我的無禮。」

「沒這回事。是我看起來沒有學長的樣子，真是不好意思。」

「請學長不要說這種話。」

盛氣凌人的出納室主任，瞬間一變而為恭敬的學弟。同是海軍陸戰隊出身這個理由讓兩個人之間的遙遠距離一口氣縮短了。旁人也許不能理解，但對兩人而言，這種親密感的表現和情感的交流是理所當然的。

就算早一梯，也會把對方當做神明一樣，並且當做一家人的海軍陸戰隊，就算退伍後，哪怕過了幾十年，仍然帶著「一日海陸，終生海陸」的驕傲，是一種令人驚訝的凝聚力。僅僅因為是海軍陸戰隊出身這個事實，從一開始見面就能清楚地區分尊卑，是種奇異的回憶群體。

兩人暫時熱衷於談論搜查隊的話題。在白翎島三年，過著看膩了永遠一個模樣的大海的日子。晚上沒被叫出去挨揍就睡不安穩的菜鳥心情、幾乎教人喪命的嚴酷登陸奇襲作戰訓練、那種認為無人能奈我何的驕傲老鳥日子、在鎮村里寡婦家用軍靴縱情狂飲的回憶……

但他們突然回到了現實。他猶豫地開了口：

「知道你是學弟就更不好開口了。眼看著明天就要開始治療，這次治療是我兒子最後的機會，我不會給宋主任添麻煩的，請你幫幫我。」

「這不是我一個人可以決定的。總而言之，我會努力讓你兒子順利按預定計畫轉到移植中心。」

「真的很謝謝你。我現在沒辦法馬上準備好預付金，但我想明天可以先付一半。」

「之前我是以出納室主任的身分和學長接觸，心裡真的覺得你很了不起。在出納室裡，什麼人沒見過？總是一拖再拖，而且還很理直氣壯大聲嚷嚷的人；有沒有錢都不說，只會哭哭啼啼的人；不管怎樣非要我幫忙不可的人……數都數不清了。我就姑且先相信學長，由我擔任你的保證人好了。」

他坦白說出無法準備好預付金的原因。宋主任一直默默地聽他把話說完，然後問：

「你兒子在醫院待了多久？」

「至少兩年了。」

「過了至少兩年和白血病奮戰的日子啊……如果不是家財萬貫，經濟上的確負擔不起。」

宋主任深深嘆了一口氣，又問：

「還有多久就要進行移植？」

「如果治療順利的話，三個禮拜後就可以進行了。」

「三個禮拜、三個禮拜……真傷腦筋啊，你還得先煩惱預付金這個問題。你有什麼辦法嗎？」

他只是笑了笑。宋主任馬上就了解他笑容背後的意思。

「別當我是出納室主任，把我當成學弟，請照實跟我說吧。」

「還沒有。但是不用擔心，兩年都熬過去了，難道還怕撐不過三個禮拜嗎？一定會有辦法的。」

他對宋主任伸出手。

「你該下班回家了吧？很高興見到你，讓你擔心這麼多，真的很謝謝你。」

▩

轉入移植中心的第一天，妻子搭上了飛機。

也許是把轉入移植中心理解為繳清預付金了吧，明明一直到早上都還沒有出國的跡象，一到了晚上卻突然回到自己生活的法國去了，就像沉迷於玩耍的孩子突然發現天黑了，便急忙回家去一樣。

為了籌措預付金在外面來回奔走一整天的他回到醫院後，兒子遞給他一張紙條，上面寫著電話號碼，還有「改變心意的話就和我連絡」的字句；看來妻子連離別的招呼都懶得打了。自從那次因兒子的問題大吵一架後，妻子連正眼也不瞧他一眼。

他淡然地接受了妻子的離開；是被妻子和時間磨練出的性格吧！問題是兒子。如果兒子再次因母親而受到傷害，使得對抗疾病的意志變得薄弱的話就麻煩了。

「媽媽突然離開了，你應該很寂寞吧？」

「不會，因為媽媽從以前就那樣嘛。」

「媽媽不在也會努力嗎？」

「那當然。只要有爸爸，一切就沒問題。」

兒子帶著燦爛的笑容坦率回答。但他仍然無法因為兒子的坦然而安心，無論如何，妻子是兒子的母親。在人生路上感到疲累時，只要閉上眼睛想一想就能得到足夠的安慰，母親就是這樣的存在。

等到兒子入睡後，他離開病房，走向出納室。

在移植中心已經接受了三天的治療，按照預定計畫，明天就要開始放射線治療；假如沒有因為預付金的事而中斷的話。

結果，他沒能守住和宋主任之間的約定。洪社長不斷拖延稿費的支付時間，先是今天，然後說明天。他不能只是在原地等待，於是到處奔走求情，但還是沒有好消息，只是一次次確認了自己的無能。

說不定籌不到預付金。這種不祥的預感讓他十分煩躁。「改變心意的話就和我連絡」，妻子留下來的話越來越常在他腦中浮現，也開始懷疑自己是不是拿「對兒子的愛」當擋箭牌，實際上只是像個笨蛋一樣一意孤行。說不定應該把養育兒子的責任交給妻子比較好，至少不會永遠失去兒子。

可是妻子的動機本身就不單純，母愛不應該隨著兒子的才能而有所增減，看來妻子身為母親的自覺還是不夠，所謂甦醒的母性也只是曇花一現，馬上又會變成老樣子——覺得兒子是個重擔而埋首工作的冷淡母親。

想到兒子在遙遠的異國，無人可依而獨自垂淚的模樣，他便不由得咬緊牙關。沒有退縮的餘地，就算真的到了絕境，他也得現在就做好迎戰的準備。

他在出納室外徘徊，正好碰上推門走出的宋主任，連忙叫住：

「你如果有空的話，要不要喝杯茶？」

宋主任點點頭，說「反正要喝就找個好一點的地方喝吧」，便把他帶到了醫院外面。

坐在風景優美的靠窗座位，他們寒暄了一陣，最後他終於說出口：

「約好的日子是昨天，但我還沒籌到錢，應該讓你很困擾吧？」

「欸，是有點……」

「預定要給我的錢一直沒給。總而言之，我真的沒臉見你。可以再給我一點時間嗎？」

「你也沒辦法，對吧？但我覺得學長不是會低頭拜託別人的人，不是嗎？」

「現在我不就低頭在求宋主任了嗎？」

「你說過有人會給你一千萬韓圜，那剩下的一千萬要怎麼辦呢？」

「我正在想辦法。」

咖啡端上來了，宋主任把視線移到窗外，喝起咖啡來。

昨天下了一天的雨讓天空一碧如洗，秋色漸濃。

「學長。」宋主任開口。猶豫了一下，他說：

「再給你幾天時間不是不可以，但是再不趕快繳清的話，連我都幫不了你了。像這些欠繳醫藥費的患者，除了我以外，還有其他人也神經兮兮地盯著。說穿了，醫院本來就是個做生意的地方，一旦認定無法收到錢的話，就會中斷治療，不是嗎？」

「不會到這種地步的。」

「那你要怎麼辦？難道錢會從天上掉下來嗎？」

「……」

「我並不是因為自己是出納室主任，怕給學長通融會被追究責任才這麼說的；我是替你擔心著急才說的。你怎麼就不乾脆一點，來問我有沒有辦法呢？」

宋主任把下巴放在交疊的雙手上，看了他五秒鐘，然後搖了搖頭。真不知道自己為什麼要插手管這種事情。宋主任喃喃說著。

「學長，請你不要誤會我接下來要說的話。我有個表哥，做的是跟工具機[26]有關的工作，因為手指不小心被切斷了，現在在一家購物中心當警衛，收入差不多剛好可以度日。去年她的女兒得了腦瘤，住進我們醫院裡，雖然得馬上動手術才行，但卻籌不出手術費。表哥說他要賣身體，說他在醫院的洗手間看過器官買賣仲介的傳單，和對方連繫之後，說

26 工具機（Machine Tool）是指以動力機械製造裝置，通常用於精密切割金屬，藉以生產其他機器或加工的金屬零件，如車床、銑床、鑽床等。

要買他的腎臟。我說這是詐騙，想阻止他，但表哥完全不相信我的話，我也不是不能理解他的心情。沒辦法，我只好插手了。我找了醫院裡的朋友到處打聽，暗地裡進行器官買賣確有其事，看樣子至少不用擔心遭到詐騙。」

他從冗長的談話裡聽出宋主任的弦外之音。但他從來沒考慮過這方面的事，感到極度迷惑。

那位日本女性竟然肯為未曾謀面的孩子提供自己的骨髓，她的決心給他很深的感觸。自己身體的一部分可以救活他人即將消失的生命，這豈非崇高的犧牲？但是，當金錢介入的那一瞬間，崇高的犧牲不再，取而代之的是違反道德的非人道行為。

即使知道這樣的行為會受人非議，他卻無法忘記自己所聽到的事。為了幫助兒子，別說是販賣器官了，比這更不堪一百倍、一千倍的事他都會做。

將已經冷掉的咖啡喝完之後，他問：

「那個賣腎臟……賣了多少錢？」

「我表哥賣了三千萬。」

三千萬韓圜，再加上洪社長要付給他的一千萬韓圜。

宋主任避開他直視的目光，說：

「我覺得我好像仲介。如果不是和學長有緣，我絕對不可能說這些事的；我的意思是，如果真的沒有辦法籌到醫藥費的話，也許可以把這當成最後的手段。」

急需一大筆錢，又不能去搶銀行或詐欺的話，這應該是最後也最好的方法。他單純地這麼想著，一次又一次為自己打氣。

腎臟。就算拿掉一個，對正常生活也不會造成障礙，這是造物主唯一允許人類擁有的多餘之物。如果能用這唯一的多餘之物來幫助孩子的話……他沒有必要煩惱，也沒有必要猶豫，這是從天而降的幸運，是必須趕緊伸出手抓住的機會。

7

我竟然變成了笨蛋。

幾天前看過的故事書裡到底寫了些什麼東西，完全想不起來；就算一直看著日曆，也不知道今天到底是星期幾；正三角形的面積公式、解方程式的方法全都忘了；連我最喜歡的芸美、承鎬的媽媽、詠婕姐姐、傳道，還有砂礫谷的爺爺……他們的臉我也都記不清了。

我會變成笨蛋全都是放射線害的。

前天和昨天，還有今天，都接受了放射線治療。一天兩次，一共六次。放射線不但把我身體裡的病菌殺掉，也把我腦子開了一個洞，所有的思考好像全從那個洞掉出去了。

如果問「要接受放射線治療？還是要接受骨髓注射？」小孩子大概都會回答選擇放射線治

療吧！

接受骨髓治療的時候，有種自己是條魚的感覺；身體好像放在砧板上，大菜刀一刀就從腰那邊切成兩半。痛就不用說了，那真的是放射線治療沒辦法比的，放射線治療只要在那裡待個半小時就結束了。

但我真的很討厭做放射線治療。接受骨髓注射的時候，爸爸還可以一直緊緊地握著我的手，但在放射線治療室裡卻只有我一個人，爸爸再怎麼愛我，也沒辦法進治療室。在放射線治療室裡，身體得固定起來直到治療結束，然後眼淚就掉下來了。我總覺得那好像把我押進恐怖的地獄裡似的。

每次走進放射線治療室的時候，我都會想：我還走得出來嗎？接下來的三十分鐘感覺就像三十年一樣漫長，一直覺得很恐怖。我想過成千上萬次，乾脆就讓我這樣死了算了，最後，整顆頭感覺腫得好大，簡直就像吹得太飽的氣球。

主日學的傳道說過，地獄就是火海一片，但我覺得地獄比較像放射線治療室：我覺得整個世界只剩下我一個人，還有比這更恐怖的事情嗎？

沒錯。骨髓注射是身體的疼痛，但放射線治療是心理的疼痛。心理上的疼痛會折磨我更久，而且還把我變成一個笨蛋。

我曾經問醫生為什麼會這樣，醫生叫我不用擔心，說那是接受治療後會暫時出現的症狀，不會一輩子都是笨蛋的。這樣我就放心了，幸好那教人鬱卒的放射線治療到明天就結束了。

我剛剛發現爸爸的筆記型電腦不見了；這麼說來，好像昨天就沒看見電腦了。好奇怪，爸爸總是把筆記型電腦帶在身邊啊，就像軍人永遠帶著槍一樣。

爸爸每天都在電腦前工作。偶爾半夜醒來，還會看到爸爸喀嗒喀嗒敲著鍵盤。他不眠不休地努力工作，就是為了賺我的醫藥費。

我從兒童病房轉到移植中心的前幾天，媽媽說爸爸又付不出醫藥費了。我也知道爸爸變成窮光蛋的事情，但我覺得媽媽沒有特地說這些話的必要，而且也不應該說這些話。

「有媽媽在，不用擔心。你什麼都不要擔心，早點把病治好，然後跟媽媽一起去法國吧！」

我嚇得差點跌下床。

「以後就讓媽媽來照顧達雲！」

「那爸爸呢？」

「我不是說了嗎，爸爸沒錢了。」

我不知道媽媽覺得有多少錢才算有錢，或許鬍子叔叔就是有錢人也說不定，但覺得爸爸沒錢所以不能照顧我的媽媽才是笨蛋。

我知道媽媽打什麼算盤了，她想從爸爸身邊把我搶走。打從一開始，她就不在乎爸爸和我是怎麼想的；對媽媽來說，她自己怎麼想才是最重要的。我覺得我有必要跟媽媽說清楚。

「我不去法國。爸爸是我最重要的人。我才不要新爸爸呢！」

也不要媽媽。最後這句話我吞回肚子裡了。都說得這麼白了，媽媽也應該了解我的想法吧。

反正，我轉到移植中心的那一天，媽媽就回法國去了，到今天已經過了一個星期。媽媽說她很快就會回來，但到目前為止，媽媽連一通電話也沒打來。

我完全不覺得寂寞，因為我一開始就知道會這樣了。

話說回來，爸爸的筆記型電腦怎麼了嗎？沒有那個就沒辦法賺錢，就沒辦法付我的醫藥費啊……而且爸爸不知道怎麼回事，從剛剛就一直笑咪咪的。

我忍不住問起電腦的事。

「借給朋友了。」

「那爸爸要怎麼辦？」

「我可以休息一下。」

再這麼休息下去，達雲就要被媽媽搶走了呀，爸爸！

爸爸還是笑咪咪的，他不知道我多想放聲大哭。該不會像媽媽在紙條上寫的……爸爸改變心意了吧？

「媽媽想把我從爸爸身邊帶走。」

「那是因為媽媽愛著達雲呀！不是硬要把我們分開。」

「爸爸想把我送去法國嗎？」

「達雲自己覺得呢？」

爸爸只要說他自己的想法就可以了，我不懂為什麼還要問我？我努力不讓眼淚掉下來，最後終於說出口：

「我就算死也絕對不去法國，我要跟爸爸在一起！」

「爸爸的想法也一樣，爸爸要和達雲在一起。」

「那趕快從朋友那邊把電腦拿回來啊！」

爸爸把手放在我肩膀上，靜靜地看著我。我轉過頭，把臉頰貼在爸爸的手背上。

「你擔心醫藥費的事情嗎？」

「有一點。」

「如果所有該達雲做的事情，爸爸全都搶過來做了，那達雲會有什麼感覺？一定會覺得不開心對吧？爸爸也一樣。醫藥費的事就交給爸爸，達雲只要想著恢復健康就好了。而且，爸爸已經準備好全部的醫藥費，這樣的話，爸爸是不是可以休息一下啊？」

「真的嗎？」

「當然。爸爸有騙過達雲嗎？」

我馬上就搖搖頭。對啊，這次輪到爸爸悠閒地休息了。看到爸爸晒得好黑的臉，真的讓我好擔心。

爸爸從冰箱裡拿出香草冰淇淋。單人房真的好棒，還有我們專用的冰箱呢！單人房一定很貴，但就我所知，移植中心全都是單人房。

接受過放射線治療後，嘴巴裡會像火燒一樣刺痛，所以要含著冰塊，或是偶爾吃點冰淇淋好降低熱度。

爸爸挖了一匙冰淇淋放進我嘴裡，說：

「爸爸得去某個地方幾天，爸爸不在的時候你也會好好的對吧？」

我還來不及多想就把冰淇淋吞進去，一直看著爸爸。四年前媽媽離開之後，爸爸就不曾讓我一個人睡覺；在加護病房的時候當然不算。

目前為止我都很忍耐，但爸爸知道我有多吃力多痛苦嗎？如果爸爸不在身邊，我絕對什麼事都做不到。別開玩笑了，為什麼要把我一個人丟在這裡，去別的地方呢？

「那件事對爸爸來說很重要。」

我不想問是什麼事；可是，還有比我更重要的事嗎？

一看到爸爸的眼睛，我就知道不應該這樣問爸爸。我知道爸爸是想了很久才終於跟我開口的。

「大概要幾天？」

「快的話四天，慢一點的話大概要五天。」

為什麼爸爸會覺得四天很快而五天很慢？對我來說，不管是四天還是五天都一樣。我不禁嘆了口氣。

「什麼時候要去？」

「不是馬上要去。我會連絡詠婕姐姐還有會溫柔照顧你的阿姨過來。」

「就這麼一次喔，爸爸，下次絕對不行。」

8

宋主任介紹的俞甲洙是江南一間新的綜合醫院裡的出納室職員，這一點至少讓他不用擔心被騙。

「是宋主任哀求我幫忙的，不是我自己主動的。可是沒辦法對吧？發生這種事實在太不幸了……總而言之，我想先跟您約法三章。您知道器官買賣是非法的吧？如果院方知道了，馬上會炒我魷魚。萬一出了什麼差錯……」

看俞甲洙一一叮囑許多注意事項的樣子，就知道他在這方面經驗豐富。

「除了親屬以外，腎臟的捐贈是不可能的；再說，如果不是血親，誰願意提供一顆腎啊？所以如果無法得到親屬的捐贈，就只能由腦死者提供了，那不如一開始就不要期待還比較好一點；而且在等待捐贈的過程中，也可能會因為腎功能不全而過世。檢查本身並不困難，驗個血、做個腎臟功能檢驗就可以了。」

「要找到接受移植的人大概要多久？」

「鄭先生的狀況宋主任都跟我說得很清楚了，就交給我吧！現在是僧多粥少，您放心吧！我們醫院就有很多等待中的患者，其他醫院我也有認識的人可以連絡。」

他想了又想，決定問個很令他尷尬的問題：

「可以拿到多少錢呢？」

「價錢是可以商量的。鄭先生的狀況跟患者不是幾乎一樣嗎？您大概了解一下，腎臟一般是三千萬韓圜。」

「我之前聽說其他的器官也有可能……」

「您是說眼角膜對吧？不過這跟腎臟不同，幾乎沒有人提供角膜。拿掉一顆腎臟還不會造成什麼障礙，可是角膜就不同了，所以價錢是腎臟的兩倍以上。」

最後，俞甲洙要求了三千萬的十分之一做為傭金。因為已經有所覺悟的緣故，他馬上就點頭了，再次拜託俞甲洙，可以的話希望能盡早動手術。

他賣掉了筆記型電腦以做為檢查費用。貧困農夫煮種子以度過飢餓的感覺，大概就是這樣吧。

俞甲洙說檢查很簡單，但其實不是，算是挺複雜的檢查。從血液和尿液這些基礎檢查開始，做了超音波、做了似乎太過鄭重其事的電腦斷層攝影，最後還做了組織培養。

從接受手術的兩天前，一直到手術後的恢復期必須和兒子分開讓他放心不下，而且從事非法買賣的自己也覺得受到了良心的苛責，但大致說來，這兩天他的心情是輕鬆的。

今天上午，負責檢查的醫院有連絡了。他以為打電話來的人是俞甲洙，但沒想到是腫瘤內科。

他急忙趕到醫院。俞甲洙正好外出，要下午才會回來。他來到腫瘤內科的報到處前等候叫號。

「鄭浩然先生。」

聽到護士喊他的名字，他便進入診間。坐在桌前的醫師一隻手支在桌上，看了他一會兒，才請他坐下來。確認過他的名字之後，醫師問：

「連絡的時候不是請你跟家人一起來嗎？」

「我只聽說檢查結果出來了。」

「現在可以連絡家人請他們過來嗎？」

胸口有種什麼東西掉進深谷的感覺。他就這樣看著醫師，坦白地說：

「我沒有家人。」

「這樣啊……」

看起來約三十出頭的醫師側著頭又看了他一會兒，開口問：

「有在其他醫院接受過檢查嗎？」

「沒有。」

「你最好不要捐贈腎臟。」

「這是什麼意思……」

「第一，你的腎功能很不好。」

醫師以食指不斷揉著眉心，不發一語。他性急地問：

「第二呢？」

「腎臟功能弱化，表示肝臟有異常。換句話說，比起腎臟，你的肝臟問題更大。」

醫師又沉默了。

該不會俞甲洙把所有事情都洩露給這位醫師了吧？所以知道自己為什麼想捐贈腎臟的醫師，才會用這種同情的眼光看著眼前這位無法為兒子籌措治療費的可憐父親。

「有什麼問題嗎？」

「……在你的肝臟發現了腫瘤。」

「啊？你說腫瘤？」

他沒再問下去。覺得好像有什麼東西撞到了腦袋，還撞壞了，發出巨大的破裂聲；就像高速飛行的流星衝破大氣層，直接撞擊到地表一樣。那瞬間，腦子一片空白，身體彷彿在無光無聲的無重力空間裡漫遊漂浮。

「我不相信。我連自己什麼時候感冒過都不記得。」

「肝臟本來就是沉默的器官。」

「說不定……有沒有可能是誤診呢？」

說出這句話後，他不禁渾身一震，有種回到遙遠過去的感覺。沒錯，宣告兒子得了白血病的那瞬間，他也問過是否可能誤診。不同的只有從白血病變成了肝癌，從兒子變成了自己。

「請到這邊來。」

醫師從桌子上拿起一張約有素描本大小的片子，走近牆上的看片箱。打開開關之後，把四張片子並列在一起。醫師從胸前的口袋中取出伸縮式的指示棒指著片子，不斷在片子上劃著圓圈，四處移動。

「肝臟表面不規則地分布著十幾個腫瘤，經過組織培養後，確認是原發性肝癌[27]的癌細胞。」

醫師回到了自己的位子上，而他卻像是被釘在原地似的，就這麼盯著片子，但不論他再怎麼看，仍然只是他無法判讀的片子。

他坐回椅子上，醫師說：

27 肝臟內的細胞所引發的疾病稱之為「原發性肝癌」。與其相對的是由其他部位擴散至肝臟的「轉移性肝癌」。

「請馬上辦理住院手續，明天就必須開始治療。」

他抬起頭看著天花板，自言自語著：你看，我不是很正常嗎？就算要跑完馬拉松也沒有問題。

「你的感覺我了解：沒辦法馬上就接受吧？偶然發現罹患肝癌的例子很多，而且一旦經過確認，通常也已經到了末期。即使是生活很正常的人，還是有來不及救治的病例。你的狀況就是這樣。」

來不及救治的病例？這樣還要住院豈不是很諷刺？他無法承認自己得到肝癌的事實，於是站了起來，對醫師鞠了個躬：

「我兒子就在大學醫院裡住院，就算要接受治療，也得在那裡才行，請你諒解。」

▩

藤樹在寒風中飄搖，落葉一片接著一片。

中學的時候，正確說來是稱之為「思春期」的少年時代，他看著孤兒院庭院裡的那株藤樹嘆息落淚。平白無故遭受毆打的日子、想起那些纏繞於心的童年回憶的日子、不知明日身在何處的不安無眠之夜，他都會像進行例行公事般看著那株藤樹，拭去無人知曉的淚水後，發誓：

一定要活得像樹一樣。

要像那自己生根、自己開枝、自己散葉，一旦時間到了，便落盡一身枯葉的樹木一樣。即使無人照料，也不傷心哭泣；即使無人理解，也不怨天尤人，要像自生自長的樹木一樣活著。

「再怎麼努力也只能當個混混。」院長老是這麼罵他，但他不像院長所說的那樣，離開孤兒院之後，並沒有變成混混。即使在問題學生群集的高中夜間部念書，他也因為不想變成混混，而一直以跟別人完全不同的方式生活著。

如果沒有變成混混可以看成一件幸運的事，那他的人生還算是挺成功的。不曾因過度的欲望而心力交瘁，也不曾因為世間的權力與榮華富貴而嚮往，更不曾憎惡他人，就這樣忠於自己地活著。這麼說來，這樣的人生是很美滿的。

那麼，為什麼會這樣？

死亡近在眼前，幾乎伸手可及。從兒子開始和病魔對抗以來，就一直是這樣。他一直守護著危渡生死一線的兒子，但現在，他的生命竟然也面臨著這樣巨大的威脅。

不過，現在不同了。

希望包圍在兒子身邊，兒子也將以希望之名重生。這麼久以來，他終於找到自己必須活下去的確切理由，他們卻說他就要死了，而且還是跟兒子完全無關的原因。他一直害怕兒子丟下他先走，但現在他竟必須拋下兒子一個人死去。

他低著頭，看著膝上那一只四四方方的信封袋，裡面裝著宣告他罹患肝癌的那四張片子。

他把片子拿給兒子的主治醫師閔主任看，再次確認是否為肝癌。和在江南的醫院相比，再次確認令他更加害怕，也更加悲慘。閔主任仔細看了片子，問：

「這是誰的片子？」

「是朋友的。」

「很要好嗎？」

他點點頭，但閔主任一臉疑惑：

「是肝癌，而且還是末期。」

啊，他多希望是誤診。一心以為是三十出頭的醫師經驗不足，才會誤診為肝癌。

「那個……末期的話，意思是……別的辦法……」

太多話語爭先恐後地想衝口而出，但卻像是你推我擠後全倒成一片似的。他結結巴巴地問：

「沒有別的辦法了嗎？」

「肝癌最好的治療方法就是一勞永逸地以手術切除；簡單來說，就是切除長有腫瘤的部分。肝臟就算只剩下百分之二十，還是可以維持患者的生命。譬如說……」

閔主任在桌上攤開一張紙，畫出肝臟的外形，長得就像一顆大地瓜。在四角畫了一些斜線後，繼續說：

「就像這樣切除，只要能留下中心部分。肝臟驚人的再生能力是值得一試的。不過很遺憾的，你這位朋友不太可能動手術；癌細胞已經擴散到整個肝臟，當然，連中心部分也是。實際上開腹之後，狀況會比片子上看到的更嚴重一些。一開始可能以為是第二期或第三期，但打開肚子以後，什麼都沒辦法做，就這麼縫起來的例子也是有的。一般來說，可以動手術的病例大概占肝癌患者的一成不到。」

「這麼聽起來，是完全沒有希望了？」

「不接受放射線和抗癌藥物治療還是不行的。但是……該不會你的朋友還不知道自己的病情？」

「說不定在某種程度上已經察覺到了。」

「肝癌是所有癌症中存活率最低的一種。即使接受抗癌藥物的治療，要存活仍然很不容易。」

「但我的朋友還活得好好的，現在也一樣很有精神。得了肝癌，又是末期，難道連一些應該出現的症狀都沒有嗎？」

「事實上，肝癌就是這麼陰險的一種病。怎麼說呢……用從頭到尾都沒有察覺它的存在，一直到最後那一瞬間，才真正伸出魔掌來形容它是很貼切的；所以才會說肝臟是沉默的器官。再說，雖然症狀不嚴重，但還是有的，只是你的朋友沒有注意到而已。所以至少一年要接受一次健康檢查才對。」

右側脇下和腹部時不時會有針刺般的疼痛；體重下降了，也很容易覺得累。難道這就是症狀嗎？一般人不會因為這種程度的症狀就去接受健康檢查吧！他是這麼認為的。

從兒子開始治療之後，他就沒有想到健康檢查這種東西；就算想到了，也只覺得是個奢侈的念頭。看著兒子飽受折磨的樣子，他反而覺得健康的自己是一種負擔，他多希望能和兒子一起分擔痛苦。

他清了清喉嚨，小心地問：

「真的伸出魔掌之後，會產生哪些症狀？」

「因人而異。一般來說會有發燒、嘔吐、難以忍受的腹痛。且會因為無法進食而導致衰弱，也會因為膽管阻塞而出現黃疸、呼吸困難、腹水等等症狀。最後會因為肝門靜脈破裂而吐血、血便，導致死亡。」

那就是我啊，就是若無其事坐在你面前的我啊。他緊緊閉上眼睛，令他魂牽夢縈的人在他張開眼睛的那瞬間映入眼簾，是兒子的臉。

為了讓不斷發顫的身體平靜下來，他只能用力交握著雙手。最後，問出了能不問便不想問的問題：

「我的朋友……大概還可以活多久？」

「從片子來看，最多六個月。」

六個月嗎？兒子接受骨髓移植後的恢復階段大概需要三個月。

這不是最糟的狀況，甚至可以算是幸運。他聽到自己說「反正不是現在就死」，又問：

「至少可以活六個月，沒錯吧？」

「這是在接受治療的情況下所估計出最長的餘命。在跟你朋友提到『六個月』這個字眼的時候，請千萬慎重，更何況，就算他要知道，也應該是透過主治醫師的口。但我贊成把病情告訴你的朋友。我認為只要是人，不論是誰，都應該擁有決定自己命運的權利，不是嗎？當然也有醫師持反對意見，但我的想法不同。難道不該讓你的朋友掌握自己人生的機會嗎？」

只要是人，不論是誰，都應該擁有決定自己命運的權利！

這句話真好，很適合用於那些假裝超越生死的思想家們的隨筆主題；但卻不知道該怎麼適用於來日無多的他。

閔主任把片子放進信封袋裡交給他。他站起身，準備離開；閔主任跟著站了起來，說：

「達雲真是個貼心的孩子，而且想得很多。早上巡房的時候跟他說了個好消息，他馬上就問：跟爸爸說過了嗎？我跟他說還沒，他就說要先對爸爸保密；我問他理由，他說想看到爸爸高興的樣子。你快點去看看吧，達雲會把這個好消息告訴你的，你就順應達雲的期待，盡量開心吧！」

但他並沒有馬上去見兒子。

他坐在長椅上，出神地望著藤樹隨風飛舞的落葉。一個小時，兩個小時，時間就這樣流逝，他卻渾然不覺。

▩

突然有人把手放在他肩上。柳真妮呵呵笑著，放在他肩上的手就這麼伸出一根手指，指著前方。

「我從那邊就開始喊你了，可是前輩完全沒發現；在想什麼想得那麼認真啊？」

他拍了拍身邊的座位，示意她坐下。柳真妮坐下後，看見他膝上的信封袋，問：

「檢查結果不太好嗎？」

「妳在說什麼？」

聽到柳真妮的話之後，他便把四方形信封袋放到另一側的空位上。

「那個不是達雲的電腦斷層片子？」

「啊，那個啊……檢查結果沒有問題，狀況越來越好了。」

「我去看過達雲了。就像前輩說的，他的精神變好了。不知道怎麼了，以前都是聽我說話，但今天卻一直說個不停，應該從此以後就會歡迎我的造訪了吧；前輩不跟達雲看齊嗎？」

柳真妮特意看了他一眼。

「每次看到我都一副誰欠你錢的樣子。」

他露出苦笑，想了想日期。

「現在不是截稿地獄嗎?怎麼有空?」

「少了前輩罵人，工作當然做不下去。」

柳真妮一副想開玩笑的樣子。但他將視線從柳真妮身上移開，茫然地看著在腳邊打轉的落葉。就算說的是空虛的玩笑話也無妨，或許就能不再覺得沉重，也不再覺得痛苦，就這樣徹底拋開將近的那一天所帶來的晦暗預感。

柳真妮把一只白色信封放在他膝上。這是什麼?他以眼神問。

「我又做了會挨你罵的事。昨天我打電話到出納室;反正就算問你，你也一定不會回答我。我問了預付金的事;雖然是我多管閒事，但沒辦法嘛，我本來就是這種個性。這是出納室開的收據。」

他看著柳真妮的臉大約十秒，又以剛才的姿勢盯著腳邊的落葉，再從藤樹枝葉間的縫隙望著天空。終於，他開了口:

「妳怎麼會有這麼多錢?」

柳真妮是瑞山一戶農家的小女兒。家中有兩男四女，但兄弟姐妹中只有她念了大學，大學四年完全被打工和念書占滿。因為他知道她的薪水裡有一半要拿回家，所以對於之前在原州借的那筆錢尚且無法歸還感到負擔沉重。可他又欠了她兩千萬韓圜。

看到他為難的表情，柳真妮聳了聳肩：

「這是我之前存的結婚基金，在我結婚之前，你都可以慢慢還。」

「慢慢還……這是結婚基金不是嗎？」

「那前輩負起責任不就行了？」

「真妮！」

「不要用那種表情看我！」

她用手指輕輕敲了敲他的手背，接著說：

「我知道前輩心裡沒有我可以介入的餘地。但是，如果達雲痊癒了，前輩也會比較輕鬆一點吧。到那個時候，我希望你可以考慮我到底有沒有身為女人的魅力。」

好熱情的女人。如果可以從過去的某個時間點切斷，重新開始的話，他想好好疼愛這個女人。不，如果現在就能約定共度未來的話，就足夠了……

柳真妮瞇起眼望著西方天空。

「夕陽好美啊。夕陽之所以能這麼美，是因為它從東邊走了好長的一段距離到西邊；但太美麗的夕陽反而是下雨的前兆呢！」

前兆？這麼單純的詞語為什麼讓他胸口突然一陣刺痛？他把四方形的信封袋對摺。

「真妮，要不要去喝杯酒？」

「真希奇，前輩居然會說出要喝酒這種話；發生什麼事了嗎？」
「沒有，只是想喝一杯。人生在世，總是會有這種時候嘛。」
有一陣子他幾乎沉溺在酒精裡，因為清醒的時候根本沒有往前走的自信。妻子離開後有一段時間，每當他走過曾和妻子一起走過的路、聽到曾一起聽過的曲子，或者是季節交替的微妙瞬間，對妻子的眷戀就會讓他胸口陣陣發疼，像是走在玻璃碎片上似的，這個時候，他便以酒澆愁。
現在已經沒有眷戀了，但為什麼突然有種想喝個爛醉的感覺呢？
「達雲怎麼辦？」
柳真妮問。他站起來，對著夕陽輕聲說著：
「我也想為自己的人生而活，鄭浩然的人生。」
他拖著有些發麻的腳走了幾步，把信封袋扔進垃圾桶。柳真妮訝異地看著他，把手伸進垃圾桶裡，但他隨即抓住那隻手：
「別管它，已經沒有用了。」

9

我聽到病房的門輕輕打開的聲音。

躡手躡腳的走路聲，然後，是輕輕關門的聲音。

我閉著眼睛，不過我知道爸爸是怎麼動作的，也清楚地知道他是怎麼走進洗手間的。爸爸以為我睡了，為了不吵醒我而特別小心。

沒用的，我都已經快氣死了。

爸爸整天都把我一個人丟在這裡。我一直在忍痛，這倒還能忍耐。爸爸出門一定是有理由的，誰教我一直在生病；但連一通電話也沒有是怎麼回事？他是那種只要一出去，不到一個小時候就會打電話來的爸爸啊。

我可是伸長了脖子等爸爸回來，而且還一直盯著電話，因為有好消息想讓爸爸知道，想讓爸爸高興。結果他居然快十二點才回來，真的很過分。

我可以想像爸爸在洗手間裡做什麼。又刷牙又漱口的，連指甲縫都要洗得很乾淨，就怕把什麼病菌傳染給我。總而言之，爸爸最好快點從洗手間出來比較好，要是再惹我生氣，看我天亮前還跟不跟他說話。

我一直想著要怎麼對付爸爸，想著要怎麼讓他跟我一樣難過之類的蠢事。

但是過了二十分鐘，爸爸還沒有從洗手間出來。這還是第一次。聽得到水從水龍頭流出來的聲音，該不會是在哭吧？就像以前有一次，為了怕我發現，讓水龍頭的水嘩啦嘩啦地流。可我覺得不是，因為爸爸這幾天心情很好啊。

該不會開著水龍頭就睡著了吧？幾天前，爸爸幫我按摩腳，卻總是按同一個地方，仔細一看，居然在打瞌睡。

我覺得這個世界上沒有比爸爸更辛勞的人。我好幾次因為藥物睡不著，爸爸也因為我的關係一夜沒睡直到天亮，就像不眠不休照顧孩子的刺魚爸爸一樣。

結果，我還是輸給爸爸了，爸爸真是讓我焦急的天才。

「爸爸，爸爸！」

爸爸用擦手紙一邊擦手，一邊走出洗手間。爸爸坐在床邊，告訴我他這麼晚才回來的理由，說是有很重要的事情。

哇！爸爸嘴裡都是酒氣。我的心突然揪了一下。爸爸喝了酒，表示爸爸遇到非常悲傷的事情。

媽媽剛離開我們的時候，爸爸每天都在喝酒；我雖然怨恨媽媽，但也討厭一天到晚喝得醉醺醺的爸爸。可是在我生病之後，就再也沒見過爸爸喝酒了。為了照顧我，爸爸連喝悶酒的時間都沒有了，今天是怎麼回事？

「喝了一點，真的只喝了一點點。今天發生了讓我很開心的事情。」

「什麼事？」

「我聽說達雲非常努力地接受治療，而且等到這次治療結束之後，就不會再復發了。對爸爸來說，沒有什麼比這件事更讓我開心的了。」

「是聽主任說的嗎？」

爸爸點點頭。我馬上接著問：

「他還有說其他的嗎？」

「我沒聽說呢。」

呼！這下安心了，我還以為主任沒遵守約定呢。那件事最好現在就讓爸爸知道，現在就說吧。

「主任打電話給日本的姐姐了。姐姐從一個月前開始，就連一口肉都沒吃，只吃蔬菜水果而已喔，全都是為了給我更乾淨的骨髓。」

「這是真的嗎？」

「主任說了，骨髓要乾淨才能在我身體裡不斷生長。」

爸爸握緊我的手，像握手般上下搖晃著。

「真的是好消息，看來得再喝一杯才行。」

爸爸真的高興得不得了，就跟我想像的一樣。看到爸爸高興的樣子，我馬上就有精神了，所有的疼痛都飛走了。爸爸跟我之間好像有一根看不見的線，爸爸高興我就開心，我難過爸爸也會覺得傷心。

「達雲努力接受治療，日本的姐姐也在為達雲努力……爸爸已經沒有什麼好擔心的了。」

爸爸把被子攤開，仔細地拉到我脖子下，再從床底下拉出簡易床。我側著身體，看著躺在簡易床上的爸爸。

如果每天都像今天，不知該有多好。只要移植了日本姐姐的骨髓，就再也不會復發了。這麼一來，爸爸就不用每天擔心我，我們會是天底下最幸福的父子。沒錯，一定是上帝聽到了我的祈禱。

「達雲。」

我回答之後，好一陣子才又聽到爸爸的聲音。

「你愛爸爸嗎？」

當然，就像世界最大的海洋是太平洋，最高的山是聖母峰一樣。我伸出手摸摸爸爸的耳朵代表回答。

「你不想說你愛爸爸嗎？」

這麼害羞的事情，爸爸幹嘛一直要我說啊？可能是喝酒的關係吧！我一直摸著爸爸的耳朵，最後終於說：

「爸爸，我愛你。」

我摸著爸爸耳朵的手感覺到有什麼溫熱的水滴落在手上。大概是爸爸在打呵欠吧；打呵欠的時候不是會自然溢出淚水嗎？昨晚爸爸幾乎都沒睡，現在一定超想睡覺的。

爸爸好像已經睡熟了。我放開爸爸的耳朵，說了聲「晚安」；爸爸可能真的睡著了，並沒有回答我。

外面傳來救護車的蜂鳴聲，然後又停止了。

「達雲，你不想見媽媽嗎？」

爸爸幹嘛破壞我的好心情啊！我裝做熟睡的樣子，終究沒有回答。

第六章　刺魚

1

連續兩天都是風雨淒淒的寒冷天氣。落葉與離枝的青綠色銀杏葉貼在地面上，雪岳山頂也下起今年的第一場雪。

這兩天，他片刻不離兒子身邊。

就像過去那樣，為了緩和兒子的痛苦，不時幫他按摩手腳、跟他一起下西洋棋，或是說一些自己創作的童話故事，偶爾也會談到將來的希望。但他心裡並非只想著孩子的事，他不斷想像自己勾在觸礁的沉船船頭，苦苦掙扎的模樣。

他既孤獨又恐懼，什麼都沒辦法思考；除了偶爾會想：自己還剩下什麼？究竟為什麼必須賠上自己的人生？他又有什麼希望的話語可以留給自己呢？

寒冷的兩天過去了，天亮之後又是秋高氣爽的天氣。

這兩天裡，有嗚咽低泣的人，也有開心歡笑的人；有靜靜死去、孤獨深埋於地下之人，但無疑的，也有獲得新生、成長茁壯的人。

即便如此，仍然什麼都沒有改變，這個世界不曾移動半分。世界如此嚴苛冷酷，只是一味地沿著自己的軌道前進。

他的確接到了死亡宣告，但他也是一個孩子的父親，這是不會改變的；身為父親的責任仍然沉甸甸地壓在他的肩上。

沒時間猶豫，也沒有時間感到不安，對於還有未竟之事的人來說，根本沒有絕望的餘裕。他抱著這種想法，捨棄所有情感的渣滓，帶著更加眷戀的眼神，為了可預見的將來，急著為某人做好準備。

他見了宋主任，就在以前那家風景優美的咖啡店。

宋主任說，俞甲洙已經和他聯絡了，接著嘆了好幾次氣，搖著頭說：

「這個世界怎會如此不公？」

不是這個世界的錯。只要這個世界上有不和之事，就無法置身事外。為此忿忿不平是愚蠢的行為，就算懊悔也於事無補，只要單純地這麼想就好了。就像無意間丟了一顆石頭，結果砸死一隻青蛙一樣，就當做自己被天外飛來的橫禍打中就好了。

桌上放著兩杯咖啡。為了方便宋主任拿取，他將杯子轉了個方向。說：

「有事想跟你商量。我還得籌醫藥費……」

「預付金已經解決了，就先暫時擱著吧；不，這件事就交給我吧。醫院有針對貧困病患的慈善醫療方案，開放申請的名額並不多，反正先試試看吧。學長您先去戶政事務所申請生活津貼，我們醫院會幫達雲開立診斷證明，再加上那邊的醫院幫學長開的證明書，其他的我來辦就好了。」

「我不想這麼做。」

「現在不是講什麼自尊心的時候，就聽我的吧。」

「自尊這種東西怎樣都無所謂，真的。但我想自己籌措兒子的醫藥費，所以請你再幫我聯絡一次俞甲洙。我打聽過了，和其他的器官不同，因癌症死亡的人也可以提供眼角膜。所以我想請俞甲洙幫我聯繫買賣眼角膜的事……」

宋主任搖搖手，打斷了他的話。

「你說這是什麼話？眼角膜跟腎臟可不一樣。這事就當我沒聽見。」

「沒有什麼不同。眼角膜也好，腎臟也好，至少對我來說都是一樣的。我最多只剩下六個月，在這六個月裡，一隻眼睛和兩隻眼睛有什麼不同嗎？這沒有什麼大不了的。我一直在思考，我到底還剩下些什麼？我所擁有的就只有兒子了，過去如此，現在也是如此；只是知道自己生病之後，這種感覺變得更急切了而已。」

他緩緩地啜了一口變涼的咖啡。

「這段日子我還能為兒子做些什麼呢？如果我還可以和兒子一起生活很久很久，我就不用那麼著急了，也絕對不會賣什麼眼角膜。但是，剩下的時間實在太少了，自己得了肝癌，我卻連否認、生氣和苦惱的時間都沒有。重要的是……兒子能夠活下來。兒子才九歲，卻很快就要活在一個沒有父親的世界。我也是個沒有父親的兒子，我知道對兒子來說，會受多重的傷。而且，我連一毛錢都沒能留給他，所以，身為一個父親，如果連最後都不能為兒子做些什麼就死去的話，就算死也死得不甘願啊。」

此言不虛，他的確是這麼想的。幸運的是，他還可以為兒子做些什麼，除此之外，他還有什麼好想望、好執著、好悲傷的呢？

「一直以來給宋主任添麻煩了，可惜你的恩情我還不了；既然我怎麼都還不了，那麼我希望你能再幫我一次。」

▩

見過俞甲洙後回到醫院，柳真妮正在等他。

柳真妮連招呼都省了，轉身便走出病房。柳真妮走得很快，一直走到兒童病房後面那棵藤樹下的長椅前才又突然轉身。接著，用冷冰冰的聲音詢問：

「對前輩來說……我到底算什麼？」

以前她也問過同樣的問題。那天是夏至，她講完一座位於安地斯山脈，叫做巴魯德米爾山的事情之後。

啊，巴魯德米爾山的年輕男女，有些能在日落前登上山頂，有些只能在山腰上失落地迎接黃昏；有些人的戀情能開花結果，有些人只好無可奈何地等待下一個夏至的來臨。但是他，已經沒有能讓他等待的下一個夏至了。

想起自己所剩不多的生命，他再一次感到迷惘與困惑，在生命走到終點之前，他應該會不斷苦於這種感覺吧。

遇到紀念日的時候、望見初雪的時候、不經意說到「將來」的時候、和誰握手道別的時候……每當這種時候，他便深刻地思考：我還能再經歷這些瞬間嗎？

他在長椅上落坐。柳真妮又問：

「為什麼你什麼都不跟我說？一直守著祕密到底是想怎麼樣？」

「我不知道妳在說什麼。好了，先坐下吧。要生氣也等坐下再生氣。」

但是柳真妮始終不肯坐下。她兩手插在深藍色波浪裙的口袋裡，下巴努了努，指指三、四步以外的那只垃圾桶。

「那些片子，是前輩的對吧？」

「……妳誤會了，我有個好朋友，是他的片子。他很膽小，拜託我去確認他生了什麼病。」

「前輩！」

柳真妮大叫一聲，隨即虛脫似地坐在他身旁。她像是努力不哭出聲的小孩，囁嚅著說：

「我全都查過了，還到江南的那間醫院確認『鄭浩然』這個名字。」

是記者的直覺吧。從信封袋上看到醫院的名字，然後開始做些無謂的調查。早知道就不要丟掉了，他現在才覺得後悔。

柳真妮終究還是哭出聲來，而且一發不可收拾。他不斷重複著同一句話：

「拜託妳，別哭了。」

從藤樹下的長椅到兒童病房之間的步道鋪有淺紫色的石塊。一隻鴿子不停啄著落在步道上的秋日陽光。微風不時吹來，細長的雲朵快速地往西方流動。抽泣的聲音終於停止。柳真妮抬起頭，淚眼汪汪地看著他，他不知道怎麼辦才好，於是靜靜地笑了笑。

「你還真笑得出來。真的想笑嗎？你說，已經到了這個地步，你還想笑到什麼時候？」

他從牛仔褲後面的口袋掏出手帕，塞進柳真妮手裡。

「我想到我們剛認識的事。那時候真妮妳說『我想跟前輩變成好朋友，應該怎麼做好呢？』說完就露出一口漂亮的牙齒笑了起來。妳那個問題真的很怪，但是那個笑容實在太天真爛漫了，那個瞬間，我覺得我們已經變成好朋友了，可我還是裝出一本正經的樣子，跟妳說『只要像剛剛那樣笑，我們很快就會變成好朋友了。』」

鴿子振翅飛起，在空中劃了個半圓之後消失了。一位中年女性推著輪椅從兒童病房的轉角走了出來。輪椅上坐著一個戴著毛帽和口罩，還有著深深黑眼圈的孩子；反正一定是得了淋巴性白血病、骨髓性白血病，或再生不良性貧血的孩子。

柳真妮深深嘆了一口氣，說：

「最近有位剛從德國回來的醫師——李鐘和博士，在肝癌方面是世界級的權威，他看過你的片子了，反正要你先住院再說。」

李鐘和博士，德國知名大學的終身教授，是曾獲諾貝爾醫學獎提名的候選人。想請他治療的人不知凡幾，柳真妮竟然有辦法擠進窄門，登堂入室。

他靜靜地搖了搖頭。柳真妮把自己的手覆在他的手背上。

「不要擔心錢的問題。」

錢？這的確是個問題，但不需要為了無謂的治療浪費時間；除此之外，更大的問題是，為了無謂的治療而必須離開孩子，坦白說，我不想冒險，不想落得兩頭空，對我來說，這是最符合現實的選擇。

他在心裡這麼想著，接著開口：

「病已經很重了，李鐘和博士也不可能有辦法的。」

「不是有奇蹟嗎？而且那些抱著強烈生存意志的人不是都可以活下來嗎？你替達雲想想，萬一達雲變成孤兒怎麼辦？」

「現在是達雲最重要的時期，是奇蹟降臨的最後機會，但卻會因為兒子對抗疾病的意志而導致成功或失敗。無論如何我都得待在他身邊；我不在的話，兒子會覺得不安的。」

「那前輩呢？對前輩來說，這也是最後一次機會啊。身為達雲的父親，你做得夠多了，連自己生了病都渾然不覺。到此為止，不要再做傻事了，乾脆把達雲交給他媽媽吧。」

他用短暫的微笑代替回答。

眼睛再度湧出淚水的柳真妮站了起來。

「為了達雲的事，你竭盡全力、費盡心思，為什麼不能也這樣對待自己？你只要拿出對達雲的十分之一，不，百分之一的努力對待自己就好了，拜託你。」

他抬頭看著柳真妮，說：

「妳知道這些日子以來，最讓我受不了的事情是什麼嗎？很奇怪，竟然是幫兒子剪指甲。每次幫兒子剪指甲的時候我就會想，指甲長了多長，兒子剩下的日子就少了多少；指甲一直長一直長，但他卻一步步走向死亡。所以我都盡可能把兒子的指甲剪短一點，這樣就覺得兒子的生命好像可以延長一點。但現在我可以毫無顧慮地幫他剪指甲了，我再也不用想該怎麼剪了；不，我剪得更勤了，我想一而再、再而三地確認孩子活著的事實。我想沒有人能了解，但這對我來說已是莫大的幸福，所以呢，我其實是很幸福的父親喔。」

他笑了。他希望這是真正幸福的男人所擁有的笑容。然後，他接著說：

「真妮，妳知道這句話嗎？人這種東西啊……」

2

啊，明天終於要動手術了。

昨天晚上，日本姐姐到了，也住進了某一間病房，但我並沒有去看姐姐。姐姐明天早上把骨髓分給我之後，再住一天院就要回日本了。

不能見捐贈骨髓的人。

雖然我有問為什麼，但醫生沒回答我。這種蠢事到底是誰決定的啊？對方是把我的病治好的人，應該好好感謝才對，為什麼連面也不能見？

「阿里嘎多溝扎衣媽斯，奧捏桑。」

這是爸爸教我的日文。無論如何都想跟姐姐說聲「謝謝」，而且還是用姐姐聽得懂的語言。

這段時間，我一直跟爸爸吵著要見姐姐，但是爸爸很固執，最後他搖搖頭跟我說：

「《聖經》上不是寫了嗎？右手做的事不要讓左手知道。意思是如果真的想幫助別人，就不應該讓對方知道。日本姐姐也希望這麼做啊。」

想讓別人知道、用一副很了不起的樣子去幫助別人的，都是假的；永遠不要忘記對姐姐的感謝，這才是我應該做的。爸爸還說，我應該早點康復，以後也做個像姐姐那樣誠心幫助別人的人。

我聽到玻璃門外面有腳步聲，馬上轉過去看，心裡默默希望是爸爸；可惜出現的是護士姐姐，她只是看著我，就這麼從我面前走過去。

三天前，我搬到無菌室裡。

通過幾道門之後，就會看到玻璃屋了。房間正中央有一張床，床的四周都用塑膠簾子圍起來，感覺就像把床放進一只超大塑膠袋裡一樣。

無菌室完全就是個祕密要塞，是為了跟我一樣接受骨髓移植的患者特別打造的房間。我的白血球數幾乎是零。我的血液裡面本來有好的白血球，也有壞的白血球，讓我吃苦的就是壞的白血球。為了殺死壞的白血球而投下叫做「抗癌藥物」的炸彈，結果連好的白血球也死光光了。

好的白血球是和病菌戰鬥的軍人，沒有軍人的話，除了投降和逃走就沒有其他辦法了。現在我的作戰策略就是撤退到祕密要塞，再怎麼頑固的病菌也沒有辦法進到這裡來。

雖然說是祕密要塞，但也不完全是個好地方；不，優點只有一個，缺點卻有成千上萬個。

這裡真是個無聊到不行的地方，我覺得自己就像關在籠子裡的小鳥，好像被歐巴桑的大屁股壓扁的豆沙包。真不知道這裡為什麼會這麼熱，我簡直快變成煎熟的荷包蛋了。一整天就只能盯著天花板，我有時還會自言自語，就算天花板有隻蟑螂爬過去，也多少可以讓我不要那麼無聊。

我心裡只想著要趕快離開這個地方。我問醫生到底什麼時候可以離開。

「血液裡面有紅血球、血小板，還有達雲你知道的白血球，而製造出這些的，就是骨髓。因為達雲的骨髓故障了，只能製造出奇怪的白血球，所以要等日本姐姐的骨髓移植到達雲的身體裡，再等骨髓變成達雲你自己的，而且可以製造出好的白血球。在那之前，你都會待在這裡。」

醫生說大概要三個禮拜。

三個禮拜，二十一天，五百零四個小時。

護士姐姐打開玻璃門走了進來。她拉開塑膠簾子正中央的圓形拉鏈，幫我量體溫。一個小時前才量過，三十八．四度；這次要是又超過三十八度，醫生應該會馬上衝進來，我也已經有挨一針的覺悟了。

護士姐姐豎起大拇指對我說：

「三十七．八度，好棒。」

既然說我好棒，那應該要給我一些獎勵才對，可是姐姐丟下我一個人出去了。沒辦法，我也只能跟天花板說話而已。

在無菌室裡，一天跟爸爸說不到半小時的話，雖然寂寞，但還算幸運，因為不像在加護病房那樣整天都見不到面；爸爸任何時候都可以透過玻璃窗看向我這邊，我也可以透過塑膠簾子看到在玻璃窗那邊的爸爸。

我不能離開無菌室一步，所以如果爸爸沒來看我的話，我就看不到爸爸。當然，爸爸不可能不來看我，但不知道為什麼，爸爸從昨天開始就沒出現了。

今天早上我也有請護士姐姐幫我叫爸爸。從無菌室穿過幾道門之後，就是家屬休息室，爸爸跟我說好，說他一定會待在那裡。

好奇怪，已經是吃飯時間了，爸爸都會在這個時候出現，然後把臉貼在玻璃窗上。飯要多吃一點才會有精神，爸爸都會像這樣努力為我打氣。

在無菌室裡就只能吃叫「滅菌餐」的東西。這個世界上應該沒有像滅菌餐這麼難吃的東西了吧？雖然很難吃，但我還可以忍受。只是好像不是用水，而是用消毒劑煮出來的飯有種很恐怖的味道，我一天還得吃六次呢！因為少量多餐是無菌室的規定。

我嘴巴裡好像嚼著抹布似的，所有食物都軟軟爛爛的，一直覺得很想吐。吃一口滅菌餐就吐一次，流一滴眼淚再看爸爸一眼，接著再吃第二口……不吃東西就無法戰勝病魔，就算再怎麼勉強自己，還是得把飯吃完。但是，昨天和今天都只吃了一半，都是爸爸害的。

爸爸去哪裡了呢？是不是上次說的，要去某個重要的地方？短則四天，長則五天。不可以把我丟在這裡這麼久，這樣說不定我對抗白血病的決心會全部飛走。沒有爸爸的話，我真的會變成大笨蛋的啦！

傍晚的時候，爸爸終於出現了。

穿上無菌衣，戴著消毒過的帽子和口罩，穿得好像要去月球旅行的太空人一樣。每個來看我的人都得穿得像太空人才行，萬一把病菌帶進來，事情就大條了。

一開始我沒認出是誰。因為戴著口罩和帽子，只露出兩隻眼睛，而且其中一隻眼睛還包著繃帶的緣故。雖然很高興也很生氣，但是他這個樣子真的嚇了我一跳，我用有點發抖的聲音問：

「爸爸，你眼睛怎麼了？」

「啊，沒事。爸爸有急事出去了，對不起……昨天和今天精神好不好？」

我馬上就知道爸爸想把話題岔開，所以又問了一次。

「受傷了嗎？」

「不是啦。」

「眼睛生病了？」

「眼睛會生病是因為有不好的病菌，如果是那樣的話，我就不能看達雲了。我是一隻眼睛有點累了，才用繃帶蓋起來，讓它休息。有好好吃飯嗎？」

「很快就會好嗎？」

「當然，馬上就會好了。」
我安心了。但只看著一隻眼睛，感覺好像只有半個爸爸。原來讓爸爸之所以是爸爸的，是他的眼睛……我一邊這麼想，一邊盯著爸爸不放。
爸爸用剩下的那隻眼睛看著我，笑著問：
「爸爸的臉很奇怪嗎？」
不好意思啊，爸爸，我一直把你和承鎬給我那艘海盜船上的虎克船長聯想在一起，如果在爸爸的鼻子下面再畫上兩撇鬍子……嘻嘻嘻，光是想像那個樣子，我就笑到停不下來。
「好像虎克船長。」
爸爸故意粗聲粗氣地回答：
「是嗎？是好人還是壞人？」
「當然是壞人啊！虎克船長是海盜嘛！」
爸爸那隻眼睛裡還是帶著笑，拉開塑膠簾子上面的拉鏈，把手伸了進來。好溫暖。
雖然爸爸的手一直很溫暖，但今天覺得特別溫暖。
「爸爸，你知道日本姐姐來了嗎？」
「我知道啊。」
「有見到她嗎？」

「我見過她了。我還把達雲的照片給她看，她馬上就說你長得很帥喔！」

「那姐姐長得什麼樣子？」

「非常漂亮喔！尤其是她的心，漂亮得不得了。」

臉長得怎麼樣都無所謂，反正我一直希望好心姐姐的骨髓可以進入我的身體，而且如果心腸不好，就不可能把骨髓給別人了。

我好想跟姐姐見面，但是爸爸說不行；不過他說如果姐姐有帶照片來的話，他會幫我要一張。這真是太好了，以後就可以看著姐姐的照片為她禱告了。說真的，如果連姐姐長什麼樣子都不知道，真的很難好好為她禱告呢。

爸爸動不動就摸摸被繃帶包起來的左眼周圍，這個時候右眼就會抽動一下。真的跟爸爸說的一樣，是因為左眼累了，就像人累的時候需要睡覺一樣，才把它遮起來、讓它好好休息嗎？可是我一直覺得不太對勁。

「眼睛真的沒問題嗎？」

「有一點不方便。虎克船長一開始應該也跟爸爸一樣覺得不方便吧。」

爸爸剩下的那隻眼睛對我眨了眨，然後把我滑到嘴脣上的口罩拉到鼻子上面。這是要我別擔心其他事情的意思吧。

「達雲！」

爸爸雖然喊了我的名字，卻靜靜地看了我好一會兒，才終於開口：

「明天的手術，有信心嗎？」

「……有。」

「大聲回答我！」

爸爸好像真的以為他是虎克船長呢！我用勇敢的海盜手下的聲音大喊：

「有信心！」

「謝謝你……謝謝你，達雲。」

3

他靠著牆站著，就這麼看著手術室入口。

已經兩個小時了，他幾乎動也不動。為了把骨髓提供給未曾謀面的孩子，小綠正躺在手術室裡，他想用這種方式來表達他對小綠的感謝。

手術室裡的小綠現在應該已經接受全身麻醉了吧。移植小組的醫師們正忙著從小綠的尾骨取出骨髓。

呃。他悶哼一聲，用一隻手按著肚子。右側肋骨下方一陣刀割般的疼痛襲來，他忍不住彎下腰來。

一開始感覺就像吞下大石塊般不舒服，但前天開始變成了疼痛。大概是從知道自己生病那天開始的吧，也才過了十一天而已，但知道自己被發現的癌細胞彷彿發動了總攻擊，疼痛一天勝過一天。誠如閔主任所預料的，真正的魔掌已經伸出了也說不定。

手術室的門打開，一位護士走了出來。

他挺直身子，向護士詢問進行的狀況。骨髓已經採取完畢，移植小組馬上就會出來。護士很快說完後便離開了。

進入手術室前，他到病房見了小綠，對她表示感謝。小綠爽朗地笑著說：

「該道謝的是我。目前為止所經歷的猶豫和不安反而讓我發現了很多事情。事實上，我以前還滿自私的，但是，藉著這個機會，我覺得自己以後好像可以去愛別人了，而且也明白家人和周遭的人有多麼重要。我下定決心，要更努力地活下去。」

小綠接著又說：

「我想起我九歲的時候。那個時候真的很為所欲為，想去的地方、想吃的東西，就連夢想都有好多好多。我希望您的兒子移植了我的骨髓後，能夠變成為所欲為的九歲小孩，健健康康地過日子。」

他告訴小綠，兒子很想見她。小綠遲疑了一會兒，搖搖頭說：

「我想我們互相為彼此的幸福祈禱就夠了。」

小綠的話語中有種不要求任何回報的意味，她是個有純淨靈魂的女孩，在小綠的靈魂之前，他不禁反省起自己，感到自我嫌惡。

兩天前，他賣了眼角膜，就像農夫把田裡的白菜拿到市場賣一樣。四十出頭的男子將因為他的角膜重見光明，而他則因為那個男人的錢而籌到了兒子的醫藥費。他和那個男人真的可以互相為對方的幸福祈禱嗎？那根本就是不折不扣的交易，而且還是法律所禁止的器官買賣。

閔主任走出手術室，他拖著發麻的腿走近閔主任，注意到他的閔主任以興奮莫名的口吻說：

「這還是我第一次看到這麼乾淨的骨髓。達雲能移植這麼棒的骨髓真是太好了。」

他對閔主任，以及仍躺在手術室的小綠深深地鞠了個躬。

看他一直盯著手術室入口，閔主任又說：

「現在正在過濾。在採骨髓的過程中所混入的脂肪、碎骨片、細胞等等都要過濾掉，做完之後馬上就可以進行移植了。捐血的人準備好了嗎？」

他指的是提供血小板給兒子的捐血人。一直到移植的骨髓生成、開始製造血液細胞為止，必須經常輸入血小板，而找尋二十名血型和受贈者相同的健康捐血人也是家屬的工作。

宋主任知道要找到願意捐血小板的人並不容易，自告奮勇把這事攬了下來。「我能幫你的事情，也只有這一件了」，宋主任找了附近的武警部隊，很快就找到需要的捐血人。

他點點頭。閔主任開口：

「別站在這裡，快去看看達雲吧。」

閔主任走在前面，他跟在後頭，幾乎追不上腳程快速的閔主任，好幾次都差點踩空，因為雖然已經過了兩天，但他還沒習慣只剩下一隻眼睛的緣故。

他把頭貼在玻璃窗上看著躺在無菌室裡的兒子。兒子閉著眼睛。一直吵著要接受移植，真正到了這種時候，卻又好像睡著似的。

閔主任站在他身旁，說：

「鄭先生，你的臉色不太好。等到移植結束之後，找個時間做個檢查吧。達雲有個為他赴湯蹈火的爸爸在照顧他，但你自己的健康只有自己可以照顧啊。」

他點點頭。閔主任還想說些什麼，但移植小組卻在此時走了過來。

「會成功的，你儘管放心吧！」

閔主任拍拍他的肩膀鼓勵著。

以閔主任為首的移植小組進入了無菌室。兒子睜開眼睛，有些驚訝地睜大了雙眼環顧一下四周，透過玻璃窗和他四目相交，隨即露出微笑。

裝著骨髓的血袋掛在點滴架上，和中央靜脈導管連接。骨髓從血袋裡「答」地滴下一滴。開始了，這是將兒子從死蔭之地帶往溫暖陽光下的最後試煉。

終於來到的這個瞬間是他一直夢寐以求的。啊，這一滴滴骨髓，請讓我兒子衰弱的身體恢復元氣。

他活到這把年紀，似乎不曾如此強烈地渴望過什麼。當他靠在玻璃窗上以一隻眼睛看著一滴滴骨髓流入兒子的身體裡時，兩腳竟不住顫抖，他一面咬牙忍受著側腹那有如利刃沒入般的疼痛，一面被劇烈燃燒的渴望之火包圍。

他還活著。就算他的身體和靈魂到了最後終究要消滅殆盡，但他無論如何都不想留下任何遺憾，他一直這麼希望著。

閔主任對著他豎起大拇指，是為了表示信心、消除他的不安吧！但就算閔主任沒做出任何手勢，他也不再覺得不安了。這是最後的機會，他知道一旦失敗就什麼都完了，不管對兒子或對他而言都是如此。但他卻很不可思議地不覺得不安；雖然不免有些緊張，但並非不安引起的。

一旦走上沒有岔路的道路，便別無選擇。不安地頻頻回頭也是徒勞，只要抱持著信念，不斷往前進就可以了。

移植小組圍在兒子床邊，只能透過他們之間的縫隙看見兒子的臉。不管是他，還是兒子，眼光都不曾片刻離開彼此；移植小組偶爾擋住他們的視線，但不管是他，還是兒子，都會這裡那裡地到處尋找對方的身影。

兒子不時對他露出微笑，他雖然想：這種時候一定要回給兒子一個大大的笑容才行，但他怎麼也無法好好地笑，不僅如此，剩下的那一隻眼睛裡還不斷湧出熱淚。

這是感激的淚水，因為他想起兒子所度過這漫長的殊死奮鬥過程，「骨髓移植一定能救活兒子」的信心溢滿了他的胸口。為了不讓兒子看見他的淚水，他在玻璃窗上呵了一口氣，寫上「V」字。

是否能夠成功，還要看預後狀況如何才行，現在必須等待移植過去的骨髓確實習慣兒子的身體而生成的那一瞬間。快一點的話，一個星期後就可以確認了。

不知道是誰從點滴架上取下了血袋。移植結束了。

暫時忘卻的痛楚又陣陣襲來，他抱著肚子倒在地上，一個想法剎那間閃過他的腦海，那是悲哀至極的想法。

這樣，自己的任務就結束了也說不定；自己能為兒子所做的最後一件事，應該就到此為止了吧……

4

移植後第十五天。

兒子走在長長的痛苦隧道裡，終點近在眼前。是會就此穿過隧道，往有光的方向去呢？還是會掉頭，回到深深的黑暗裡？

手術後，不知注射了多少次抗生素、止痛劑、營養劑和血小板。受到移植前所做的抗癌藥物及放射線治療影響，飽嘗上吐下瀉與頭痛關節痛之苦；兩三天就發燒一次，又使用了各式各樣與感染無關的抗生素；口腔潰爛、食道沾黏，只好繼續接受營養補充劑注射。

移植的第三天起，氣管便發生阻塞，這是放射線治療的副作用，甚至必須氣切，直接把氧氣供應至肺部才行。當然無法說話，甚至連哭出聲都不行。值得安慰的是並沒有出現多數接受骨髓移植的病患會出現的肝門靜脈閉鎖。

兒子因疲倦虛脫的緣故，身體就像浸溼的麻袋一樣癱在床上，用失焦的雙眼呆呆地望著天花板。痛苦把兒子的肉體逼到了極限，現在連抵抗的意志都喪失了，或許只是靠著動物的本能一天撐過一天。

即使如此，他仍希望兒子能一步一步地走到移植成功的那一天。

雖然每天的會客時間只有三十分鐘，但他幾乎一整天都待在無菌室裡，八成是閔主任安排的；應該是判斷他有助於增加兒子的抗病意志力，也有可能是不忍看他總是貼在無菌室的玻璃窗上，不論何時都看著兒子的模樣吧。

自從兒子無法說話之後，他便說起了自己的故事。

大概是覺得該讓兒子了解，爸爸是怎麼活著，又是怎麼思考人生的。兒子很快就要失去父親，必須一個人活下去了。過去的他曾經因為連自己的祖先是誰都不知道而感到悲傷，所以他不希望將來兒子想到他的時候，只剩下零碎的記憶。

他從還記得的孩提時代說起，一邊按摩著兒子的手腳，做些輕度的肌力運動。

有時，他不免覺得自己是個坐在兒子枕邊交代遺言的痛苦父親，但另一方面，這種感覺也像是對所愛的人提起自己的過往，以代替告白。

講到某些段落時，他語不成句；但講到某些段落時，他臉上也會浮現微笑或發出輕輕的嘆息。不管怎樣，他大抵都保持著冷靜的態度，不誇張也不省略。

幸運的是，在聽他說故事的這段期間，兒子的臉上又有了光彩，雖然眼神還是失焦，但至少視線不曾離開過他。

移植後過了十天，兒子漸漸有了恢復的跡象，正一步步走向光明。

前天，最令兒子痛苦的氣管插管拔除了。

「達雲，悶壞了吧？現在可以說話了，有什麼話，儘管對爸爸說，不過如果你說你想吃的東西或想做的事，爸爸會更高興。」

但是，和他所期望的不同，兒子開口所說的第一句話讓他無比意外：

「爸爸的眼睛……還……痛嗎？」

兒子好像一直很在意自己那隻包著繃帶的左眼。這真的沒什麼大不了的，如果是為了兒子，剩下的這隻眼睛也可以拿走，一點問題都沒有……但是，兒子的話讓他感動不已，成為支撐病體的力量。

宣告罹患肝癌已二十七天。

癌細胞一天比一天囂張。站在體重計上，只覺得體重像洩了氣的皮球般越來越輕；稍微動一動就氣喘吁吁。尤其是右側肋骨下方的疼痛更是劇烈，就算服下大把止痛藥也難以緩解。

為了能多活一天，就得接受抗癌藥物治療；但是，就只為了多活一天，不值得離開兒子身邊。更何況，他在經濟上也沒有餘力了。

扣掉要還給柳真妮的錢，用那說來丟臉的方法籌到的錢還剩下一半以上，洪社長後來又付了一千萬韓圜。但是，這些錢全部要用在兒子的醫藥費，一毛錢都不能浪費。

他希望身體能撐到骨髓確定生成的那一天。現在，他正在無菌室中等待血液檢查及細胞遺傳學檢查的結果。兒子就像站在岔路口，走向這裡是生，走向那裡是死。

他看著隔離在塑膠帳蓬裡、躺在床上的兒子。兒子睡著了，這真是再好不過；不安焦急的瞬間，只要他一個人來面對就夠了。

隔著玻璃窗，他看見了閔主任。他連忙站起來，椅子晃了兩下之後倒在地上，好不容易才睡著的兒子睜開了眼睛。

無菌室的門靜靜地推開。如果閔主任只是要確認兒子醒了沒有，馬上就轉身出去的話，一切就完了；但閔主任卻連看也不看兒子一眼，逕直朝他走來。

他用力咬著下脣，盯著閔主任的雙眼不放。

「嗜中性白血球[28]數六百，血小板兩萬五千！」

28 嗜中性白血球（neutrophil）是白血球的一種，在先天性免疫反應中，通常是最先被活化的，而且可以最快到達正在發炎的局部區域。

閔主任的聲音聽起來就像從悠深洞窟裡傳來般。

六百與兩萬五千。

為了了解這兩個數值所代表的意義，他拚命搜尋著記憶。血液檢查的結果，如果嗜中性白血球數在五百以上、血小板數在兩萬以上，便可說是間接確認了骨髓生成成功，而兒子的數值超過了這個最低值。

閔主任笑顏逐開地說：

「成功了，生成成功了，已經經過細胞遺傳學檢查的證實了。」

啊，兒子終於從死亡的陰影中得到解放。

他真想抱住閔主任，一邊開心大叫，一邊手舞足蹈。雖然這裡是要求絕對安靜的無菌室，但此刻沒有人敢說什麼。為了這個瞬間，他們走過了如此漫長而艱辛的道路。

他慢慢地面向兒子。兒子半張著嘴望向他。

閔主任的聲音從背後傳來：

「達雲聽到我跟爸爸說的話了吧？日本姐姐的骨髓已經確定在達雲的身體裡好好地活下來了，以後達雲不用再擔心，馬上就能離開無菌室了。」

「答」地一聲，兒子眼中滴下淚水。

他拉開塑膠簾子，喊著兒子的名字：

「……達雲，我的兒子，讓我抱抱。」

和閔主任一起在醫院餐廳吃完午餐的時候剛好是中午，之後，他在那棵藤樹下的長椅整整坐了兩個小時。

※

風停了又吹，落葉聚了又散，他都毫無所覺。多希望自己只是單純的一個男人，可以不管身旁的所有糾葛，走在自己應行的道路上。

下午兩點十分，法國時間上午六點十分。

他一直想忽視時間的存在，但最後的那個瞬間仍然步步逼近。他看著紙條上的電話號碼，想起閔主任的話：

「一直到現在，法國那邊還是常常打電話來問起達雲的病情。雖然我說過一旦確認成功生成，就會和他們聯絡，但我想還是鄭先生來說會比較好……因為治療兒童癌症的緣故，我也看了很多；有因為小孩的事發生爭執的，也有拜孩子之賜而重修舊好的。如果這次移植成功的事，也能為兩位帶來好結果的話就好了，對達雲的恢復也有好處。」

重修舊好？他沒必要告訴閔主任這一切無論如何都不可能發生。就算妻子回心轉意，對他伸出手，他也不可能再接受她了。這不是感情的問題，而是在剩下的時間裡，他連能不能等到整理完這些早已過去的過去再死都不知道。

不管怎麼說，妻子頻頻向閔主任打聽兒子的病情還是好的；不，應該說是值得感激的。

手機撥通的聲音響起，好一陣子之後終於接起。

「哈囉？」

「喂？」

他和妻子的距離就跟歐洲和韓國一樣遙遠。

有什麼事？妻子帶著睡意的聲音冰冷地問著。他把手機換到左手，說：

「這麼早打擾真不好意思。最近好嗎？」

「達雲的情況怎麼樣？」

「移植的骨髓開始發揮作用了。移植成功了。」

「真的嗎？」

「我就知道妳會高興。現在正在接受恢復治療。」

「沒有合併症嗎？」

「沒有。就算有也沒什麼大礙，再說，如果得到合併症也是件好事，聽說這樣才不會復發。」

電話那端傳來長長的嘆息。他認為是安心和表示喜悅的嘆息。

「如果妳能來的話，他會很高興的。」

他等待妻子的回答。五秒後，他又開口：

「達雲很想見妳，而且……」

不要發抖、不要結巴、不要嘆氣，更不要裝出需要同情的樣子。為了鼓勵自己，他又接著說：

「而且，我考慮了很多，那孩子還是交給妳比較好。」

「你在說什麼？」

「我覺得這樣對孩子比較好。就像妳說的，我窮到連自己都快養不活了，跟著我這樣的人，達雲的將來應該就差不多那樣了吧！我希望妳可以負責那孩子的將來，徹底地負責。」

「你在開玩笑吧？想試探我對吧？」

事實是，反正我都要死了，所以很快就非得離開兒子不可了，我不想讓兒子跟我一樣被送到孤兒院去，希望由身為母親的妳來守護他一輩子。

「就當我拜託妳吧。」

「為什麼突然改變主意？」

「就像妳說的，孩子不是我的所有物，我不能以自己的想法為優先……總之，希望妳盡快過來。」

「一個小時後再打電話給我吧。我會用這段時間好好想一想，而且我也得跟我先生好好談一談才行。不，還是我跟你連絡好了，你把電話號碼給我。」

掛掉電話，他茫然地望著藤樹稀疏的枝條，突然想起了父親。

他曾經拚命尋找過父親，在剛進大學的時候，他想跟父親抗議，想跟父親說「我是靠自己的力量活到現在的」，但是無論哪裡都沒有父親存在的痕跡。

雖然他還不能完全理解，當時把兒子留在派出所前，拖著一隻腳慢慢走遠的父親的心情，但是好像已經能夠原諒他了。「就像你說的，『我已經無能為力了。』」現在的他也是這樣，必須拋下兒子，先走一步。啊，將來兒子是不是也一樣，雖然不能完全理解他，但至少可以原諒他呢？

過了大概三十分鐘，電話鈴響了。

「我想了很多，但還是不知道你真正的想法。你該不會想跟柳真妮結婚吧？」

柳真妮每兩天就來找他一次，偶爾想說服他接受治療，但常常因為徒勞無功而生起氣來，哭著罵他「你真的想就這麼死掉嗎？」不過有的時候她什麼都不說，就只是默默看著他，然後就回去了。

「你不回答的話，就表示是真的囉。柳真妮說不想照顧達雲嗎？」

「妳愛怎麼想，隨妳高興。」

「反正要我照顧達雲是沒問題的。不過相對的，我有條件……不，你也有條件吧？你先說好了。」

「我不知道妳在想什麼，但如果要說條件的話……我希望妳能做一個比現在更愛他、更疼他、更理解他的媽媽。就這樣。」

「我會努力的。不過做為交換，我要你先幫我做一件事：準備一份切結書，寫清楚你是出於個人意志而決定放棄孩子的。」

「一定要做到這種地步嗎？」

「就因為是這種事，所以我覺得一定要白紙黑字才行，免得以後糾纏不清。」

「不會發生這種事的。但如果妳覺得有必要，而且要這樣妳才能安心撫養達雲的話，我馬上就寫給妳。」

5

前天從無菌室轉到了一般病房。

這表示日本姐姐的骨髓正在我身體裡一點一點地長大。我的喜悅也像傑克的魔豆一樣越來越大，當然爸爸也是這麼想的。

從昨天開始，爸爸就陪我練習走路。一開始連走一步都覺得很辛苦，但現在就算沒有爸爸扶我，我也能繞病房走一圈。雖然單人房不到二十步就繞完了，但還是很了不起的事。

待在無菌室的時候，一直夢想著離開無菌室；然而現在我想著的是盡早出院。爸爸的想法一定也跟我一樣，所以我必須更努力鍛鍊身體。

爸爸坐在椅子上看著我。

爸爸還是一副虎克船長的樣子。雖然他說很快就會好了，但已經過了一個月，真的讓我很擔心。我真想拆掉繃帶，確認一下爸爸的眼睛到底有多痛。等到爸爸睡熟了，我一定要看看。

「爸爸有話跟你說。」

我從剛剛就等著爸爸開口，但爸爸好一陣子都沒說話，大概是忘記昨天晚上講到哪裡了吧。

「爸爸，昨天講到我剛出生的時候，你第一次抱我的事情。」

大家都說我跟爸爸長得很像，不過爸爸卻覺得很不可思議，只覺得心臟狂跳；但爸爸馬上就知道了，這一天是爸爸活到現在最幸福的一天。

「達雲很聰明，一定可以明白爸爸的意思。從現在開始，我希望你可以照爸爸說的去做。」

爸爸的表情突然變成好像在生氣的樣子，聲音也好像咬到核桃殼似的硬梆梆。

「媽媽今天晚上會來。」

「……為什麼？」

「因為她想見你、她愛你，所以才會來。」

「才不是。媽媽才不愛我。」

「你為什麼覺得她不愛你？」

說我完全不想媽媽是假的，尤其是待在無菌室的時候，我有時會突然想起媽媽。沒有比待在無菌室裡更痛苦的事，我好幾次都想：這麼痛苦，倒不如死了算了。為什麼現在才出現呢？這不是已經很明白了嗎？

「因為媽媽很過分。媽媽拋棄了我，也拋棄了爸爸。」

「不是這樣的，媽媽沒有拋棄任何人，是爸爸拋棄了媽媽。媽媽打從一開始就想跟你一起生活，是爸爸反對。」

「爸爸，我睏了，我要睡了。」

我用力閉上雙眼。我想這樣爸爸就會懂了吧，可爸爸還是繼續說：

「你覺得爸爸為什麼要帶你去砂礫谷這種深山呢？那個時候，爸爸覺得你大概活不了了。我已經放棄你了，是媽媽找到方法，所以你是託媽媽的福才能逃過一劫的喔！」

騙人。爸爸只是想撒謊拐我上當吧！好啊，以為想騙就能騙到我嗎？反正我不理爸爸就是了。

「等一下見到媽媽，別像上次那樣讓媽媽失望。對媽媽好一點，媽媽那麼愛你，你也要愛媽媽才行。還有，以後……以後就跟媽媽一起生活吧！」

「爸爸！」

除了這兩個字，我什麼都說不出來。

常聽大人說「啞口無言」，原來就是這個意思啊，我終於懂了。我驚訝得不得了，什麼話都說不出來，就算這樣，眼淚還是掉出來了。我用手擦掉眼淚，但爸爸連看都不看我一眼，自顧自地說：

「媽媽很有錢，你要什麼都可以給你。你就到法國去悠悠哉哉地過日子，想做什麼就盡情去做吧。」

該不會就像媽媽在紙條上寫的，爸爸改變心意了吧？所以才要把我送到媽媽那裡對吧？爸爸好像把我當成玩具，玩膩了就可以送給別人的玩具。

「聽爸爸的話。你跟爸爸一起生活了四年，也應該跟媽媽住差不多一樣久的時間，這樣才公平嘛。」

我一定是在做夢。夢裡跟現實是相反的不是嗎？爸爸一輩子都要跟我在一起，所以才會在夢裡說出相反的話。為了要從這麼恐怖的夢醒來，我只好大叫。

「不要！我不要！」

「就算不要也得要！」

為了活下去，就算不想吃藥不想打針也不行；可是爸爸竟然以為去媽媽那裡的事也是這樣，就算我不想去也得去！爸爸是大笨蛋！目前為止，雖然沒有媽媽，可我們兩個不是過得很快樂嗎？為什麼爸爸一直在說奇怪的話？

「那還不如就讓我死了算了，真不知道幹嘛要日本姐姐來這裡，還把骨髓捐給我？」

爸爸什麼都沒說。我眼裡全是淚水，看不清爸爸臉上是什麼表情。不過爸爸心裡一定嚇了一跳吧！真是痛快，如果要嚇爸爸的話，我至少知道一百種方法。

說不定爸爸是想試探我，隨口說說而已；搞不好就像喝醉的時候老是要我說愛他、故意惡作劇一樣。

「爸爸，我愛你喔，真的，我只要有爸爸就好了。」

「……爸爸已經累了，不想再照顧你了。因為你，我什麼事都沒辦法做，爸爸也想做自己想做的事情啊。」

「最辛苦的時候已經過去了，以後一定會有很多好事發生的。爸爸想做自己想做的事不是很好嗎？以後我可以自己照顧自己，不會再煩爸爸、不會再任性，也不會再生病了。」

爸爸嘆了好長好長的一口氣，幾乎把我的床吹到窗外去。

「我會照爸爸說的，不會像上次一樣讓媽媽失望了，會好好跟她說話。答應我，不要再說要我跟媽媽一起生活的話了。」

我對爸爸伸出小指，但爸爸卻立刻推開椅子站了起來。

「達雲！爸爸要做的事就是要做，你在那裡多嘴什麼！爸爸說了，以後不想再跟你一起住了，既然你不想去媽媽那裡，不然，去孤兒院怎麼樣？以後也想跟爸爸一樣，每天在那裡挨打受氣嗎？」

從來不生氣的爸爸竟然這麼大聲說話。

我好不容易才擠出幾個字：

「爸爸，我的頭好痛，幫我叫醫生來。」

6

「媽媽妳好，我好想妳。」

兒子這句話讓妻子感動不已，但是，他卻想放聲大哭。

兒子以為只要對媽媽好一點，爸爸就會改變心意。到底該怎麼辦才好呢？要怎麼跟兒子說明之所以要分開的理由呢？

他想活下來。只要能活下來，要他做什麼都可以，他要看著摸著抱著兒子，就算此生只剩下痛苦和不安，他也不想離開兒子。

只是，死神的手馬上就要來到身邊了。

那天早上，他說出「和媽媽一起生活」的話，把兒子從自己身邊推開，之後便沉浸在深深的悲傷中。他在洗手間門口吐血昏倒，不知道是誰把他送到急診室。是因為門脈壓升高，引起食道靜脈瘤出血，幸好出血已經止住了，暫時待在急診室裡接受治療。不巧的是閔主任竟然發現了原來那個罹患肝癌的好友其實就是他。
閔主任立刻做出住院的指示，可是他卻很快就從急診室跑走。閔主任抓住他的手，把他帶到自己的研究室。一時之間，兩人對住院與否的問題爭執了起來。最後，好像已經放棄的閔主任說：
「我實在無法想像你這種身體竟然還能照顧兒子。一定很痛吧！」
他只是笑了笑。因為每次疼痛來襲時，他總是咬緊牙關，臼齒已經凹下去了。不管怎樣，在妻子把兒子帶到法國之前，他都得忍住才行。
「你為了救兒子，受了那麼多苦，好不容易終於可以放心了……你怎麼可以這麼忽略自己的身體呢？」
「請務必對我兒子保密，當然，對孩子的母親也不能說。」
他確認了好幾次之後，離開了研究室。閔主任對著他的背影說：
「如果沒辦法忍耐的話，就請你過來吧；我幫你打一針嗎啡。」
死亡本身並不可怕，想到自己必須把兒子丟在這茫茫人世裡先行離去，才讓他覺得可怕；沒能對兒子說出分離的理由，更讓他悲憤不已。
現在他只希望兒子不至於因為他的離開而失神喪志。就像傷口會長出新的皮肉，他希望兒子也能忘了父親的存在，好好活下去。但願妻子能填補兒子那顆空虛的心。
妻子剛返國的時候曾經說過：

「這孩子以後是要一直跟我過的；怎麼，你還要孩子一直意識到你的存在嗎？你想想看，這樣對孩子有什麼好處？反正你都要把孩子交給我了，這個部分你是不是要好好處理一下？」

「妳希望我怎麼做就直說吧。」

「切斷父子情分。尤其是那孩子對你的愛。我知道很痛苦，但請你好好想一想，一切都是為了孩子。」

妻子的話非常合理。

兒子馬上就要面對新的世界，沒有必要為了已不存在這個世上的爸爸，而與妻子及繼父交惡。為了做到這一點，還是把礙事的父親從記憶中消除吧。當下也許會覺得受傷，但這麼做還是比較好，至少傷痕會比較淺。

必須對兒子冷淡才行。用尖刻的言詞刺傷兒子的心、大聲叱責，甚至毆打哇哇大哭的兒子，這簡直就是比死還殘酷的刑罰，是比死一百次更殘忍的苦痛。他數度將應該抱在懷裡不放的兒子推向妻子那裡。原本不管說出多少愛的話語，都覺得不夠，沒想到現在竟然得用冷淡來表現他的愛。

終於，兒子不再哀求要跟爸爸一起生活，只是淚眼汪汪地看著他。

兒子睡著了。只有睡著的時候，他才能盡情地看著兒子，但即使確認兒子已經睡著，他也無法伸手撫摸兒子。就這樣，一旦兒子從睡眠中甦醒，他又得立刻換回那張冷淡的臉。

妻子把他叫出病房。

「一個禮拜後，我們就要回法國了。」

啊。他像走在陌生道路上的盲人，結結巴巴地回答：

「沒、沒必要這麼急吧？達雲還沒完全康復呢。」

「和主治醫師充分討論後決定的。」

妻子的口吻不容分說。她從皮包裡拿出一只白色信封遞給他。

「這是什麼？」

「接受骨髓移植期間的醫藥費，我多加了一些。既然以後要由我來照顧孩子，醫藥費當然也要由我來出。」

「拜託妳，別這麼做。」

「我沒有其他意思，只是想把事情做得乾淨一點。這樣對彼此都好，不是嗎？」

「我照妳希望的寫了切結書，也照妳希望的對孩子冷淡，為什麼妳還要說『把事情做乾淨一點』這種話？我還不夠慘嗎？」

「以前也好，現在也好，你老是想太多。不用想得那麼複雜，根本沒有什麼好讓你覺得很慘的，也不需要因為自尊心拒絕我，對吧？」

他多想反問妻子：

妳知道我的錢是怎麼湊的嗎？我向不道德的事情妥協了、出賣了自己的良心，還汙辱了那些只是純粹想捐獻器官的人！可是我沒有別的辦法可想，這是我所能為兒子做的、最後的一點父愛。而妳現在竟然要讓這一切變得毫無意義！

「就當我收下了吧。這筆錢就交給妳保管，不過相對的，要用在孩子身上。」

「我有足夠的錢可以讓達雲在最好的環境下接受培養。」

「還是讓那孩子按自己的計畫努力活出自己的人生吧，不用什麼都要最好的，最好的人生也不一定就是幸福的保證……」

「沒辦法站在頂點的人，沒有資格說什麼最好的人生；這就跟窮人隨隨便便就說有錢人一定會不幸一樣。還有，要怎麼培養這個孩子由我來決定，你少給我插嘴。所以我才說要『做乾淨一點』嘛，我可不想將來你也像現在一樣亂說話。」

「以後就算我想亂說話也沒辦法了。我答應妳。妳想想看，我跟妳約好的事有做不到的嗎？所以這次的醫藥費就讓我來出吧；我有錢，真的有很多。我也應該為那孩子做點什麼才對吧？這是妳上次跟我說過的話啊！妳那個時候的心情，就是我現在的心情。拜託妳。」

妻子帶著沉思的表情看了他一會兒，說：

「好。既然你都這麼說了，我也沒辦法；反正，從現在開始，你不要再出現在那孩子面前了。」

「不是說還有一個禮拜嗎……」
「有什麼意義嗎？所謂的離別，不是越短越好嗎？」
「一個禮拜很短，絕對不能算長。」
「反正放棄孩子的是你。還不是因為你，我才被迫這麼決定的；還有，那孩子看到你就覺得痛苦，如果真的為孩子著想的話，就別再出現了。」

7

我又被關進了無菌室。
前天開始發燒，還咳嗽咳個不停，大概是感冒了。前幾天，媽媽說病房裡太熱，把暖氣孔堵起來了。如果是爸爸的話，絕對不會做這種事；爸爸對我的病無所不知，簡直就跟醫生叔叔一樣。
說不定會因為感冒而死，因為我的身體還沒有戰勝感冒病毒的能力。
可是我不覺得可怕，而且也沒有以前那麼痛；不過，我一直在想，如果能這麼死掉就好了，如果能像之前那麼痛就好了。如果我痛得快死掉，爸爸一定會來看我，爸爸不會一聲不吭讓我死掉的。
爸爸好像決定要當那個假的爸爸；如果不是這樣，就是腦子壞了，所以才會那樣對我大叫。他不想跟我說話，也不想牽我的手；他說我很煩，看到我就氣得快要爆炸。我啊，雖然算不上什麼好兒子，但也不至於是個會讓爸爸氣得快爆炸的兒子吧！

我每天都在禱告。

上帝啊，請讓爸爸早日恢復原來的樣子。沒有時間了，我馬上就得去法國，到那個時候爸爸就無能為力了。

當我這樣禱告的時候，眼淚自然而然就流出來了。我覺得自己真的變成一個可憐的孩子，但更可憐的是爸爸。

在這個世界上，我只愛爸爸一個人，爸爸也只愛我一個。相愛的人就得一直在一起，這是爸爸說過的話；這麼重要的話，他為什麼會忘記呢？

如果我不在了，爸爸會怎麼樣？是不是像爸爸說的一樣，鬆了一口氣？

我一直想起刺魚。把頭埋進石縫裡，就這麼死掉的刺魚爸爸。如果我不在了，爸爸會很傷心，說不定真的會變成刺魚爸爸。如果我真的跟媽媽去了法國，我不希望爸爸太過傷心，只要他少難過一點，我們一定會再見面的。

媽媽說過，爸爸要跟真妮阿姨結婚，而真妮阿姨只想跟爸爸過兩人生活，我如果跟他們住在一起，會打擾他們。為了爸爸，我應該離開才對。

我覺得媽媽說的話不完全是真的。上次媽媽來的時候，也說過要我去法國跟她一起住，但那個時候沒有說到爸爸要結婚的事，只說爸爸一毛錢都沒有了，沒辦法照顧我；而且她還說要讓我變成一個有名的畫家。

真妮阿姨真的覺得我是個礙手礙腳的人嗎？還有，對爸爸來說，我離開真的是好事嗎？

只有一件事是對的。如果爸爸不管怎樣都要結婚的話，選真妮阿姨還真是選對了。真妮阿姨真的好愛爸爸；雖然我不知道爸爸愛不愛真妮阿姨，但至少真妮阿姨不會像媽媽那樣拋棄爸爸。

總而言之，我想見真妮阿姨。

自從媽媽出現後，總是兩天就來一次的真妮阿姨便不見人影了，好像在跟爸爸進行什麼祕密作戰似的。我現在煩惱得要命，滿腦子想著要怎樣才能見到真妮阿姨。

首先，要跟真妮阿姨確認媽媽的話是不是真的。要跟我爸爸結婚嗎？如果是真的，我會跟真妮阿姨說我想跟他們一起生活，也會很明白地說清楚，我不會打擾他們的。如果這樣還不行，我只好拜託她，請她給爸爸很多很多的愛。

一天、兩天、三天……

我已經整整一個禮拜沒看到爸爸了。爸爸好像躲起來似的，不，說不定爸爸現在還躲在哪裡看著我，就像我想見爸爸一樣，爸爸一定也想見我。

沒錯。爸爸絕對不會忘記我的，他只是因為什麼我不知道的理由，所以不能來看我。

前天，爸爸請媽媽把我的行李送過來，是待在砂礫谷的時候用過的東西：還沒看完的六集《七龍珠》、《大航海時代》的遊戲光碟、在百貨公司買的秋裝、沒能送給芸美的波斯菊髮夾、我做的雕刻……而且箱子裡還有好多紫杉木。

爸爸大概是擔心我悶吧。都是這個完全不知道我真正在擔心什麼的笨蛋爸爸害的，我不停掉著眼淚。

是要看《七龍珠》第三十七集，還是刻些東西呢？

最後我還是盯著玻璃窗外面看。萬一爸爸來了，我卻沒發現的話就糟了。但我只看到護士姐姐和醫生叔叔在那裡走來走去而已。媽媽跟鬍子叔叔也是，只有在早上三十分鐘的會客時間露個臉，之後就沒見到人了。

爸爸總是把臉貼在玻璃窗上，一直看著我，不管是吃飯的時候、打針的時候、睡著的時候，還是醒著的時候，爸爸一定在那裡。爸爸都不知道自己的鼻子一貼在玻璃上就會變成豬鼻子，可是只要一和我四目相交，就會像虎克船長一樣，用剩下的那隻眼睛對我眨眼。

玻璃窗外面出現了好多醫生，是晚上巡房的時間吧，又要被吵上一陣子了。每次都要講一大堆我聽不懂的詞語，不過五分鐘的巡房時間，真不知道為什麼要來這麼一大堆醫生。

這些醫生們的領隊是主任。打從住院開始，一直熱心照顧我的就只有主任而已，其他的醫生倒是一個接著一個換。

主任。我喊了一聲，然後著急地看了看其他的醫生們。主任便說「你們先到其他病房去吧。」
「達雲有話跟我說，對吧？」
「……我的狀況是不是很糟糕？」
「沒這回事。達雲體內的白血球已經幾乎恢復正常了，所以像感冒這種東西馬上就可以治好；我答應你，後天就讓你離開無菌室。」
「才不是，我的病一定很嚴重。」
「為什麼要一直往壞處想呢？」
「我爸爸還不知道我的病很嚴重吧？」
為什麼又哭了呢？爸爸說過，男兒有淚不輕彈，我怎麼老是跟女生一樣動不動就哭？
「主任跟我爸爸不是很要好嗎？所以請你跟我爸爸說，說達雲身體狀況很差，已經病得快死了。」

8

希望你能去愛這個世界，
然後變成為世界所愛的達雲。
——爸爸

他在剛出版的詩集扉頁上這麼寫著。

這就是他的全部了，以父親的名義寫下的最後期望。將來，當兒子能一篇、兩篇，慢慢了解這些詩的涵義之後，大概就能完全了解這些話的意思吧。到那時，或許也能理解一個父親不得不把兒子送到法國的心情。

照著洪社長的計畫，詩集封面上畫著一朵不知道是東菊還是旋覆花的小花。這是一本飽受屈辱而寫出的詩集，但是正好，可以送給即將離開的兒子當做禮物。

和閔主任確認過了，兒子明天早上就會出院。

他每天都會去閔主任的研究室；不是為了打嗎啡，而是要從閔主任口中問到兒子的狀況，他才能安心。

兒子因為感冒和皮膚發疹這種移植後的合併症而送進無菌室，不過兒子撐過來了，五天就能離開無菌室了。

兩天前，閔主任告訴他：

「白血球數終於達到正常數值了，恭喜你。」

啊，這兩年多來，又漫長、又看不見未來、又心驚膽跳的抗病之路終於結束了。

兒子真是了不起，他應該飛奔過去抱住兒子、摸摸兒子的頭才對。為了這一天，他一直過著飽受煎熬的日子，但現在卻連兒子都見不到。他忘了自己正在閔主任面前，茫然地顫抖著雙肩哭了一陣。

離開兒子身邊已經過了兩個星期。

這段期間，除了去過一趟砂礫谷之外，他沒有離開過醫院；因為他根本沒辦法。支付比住宿費還要貴的停車費，坐在小貨車中，忍受如絞的腹痛，一直抬頭望著兒子的病房；說不定兒子的身影會出現在窗邊。一想到就覺得心碎。

他好幾次都想跑到兒子的病房去，但這孩子注定是個沒有爸爸、必須一個人活著的孩子。沒有理由為了自己的欲望，把孩子好不容易磨練了兩個禮拜的心又拉回原點，再次嘗到痛苦。

而且更雪上加霜的是，他的身體衰弱至極，幾乎無法在兒子面前出現了。六十五公斤的體重現在只剩下四十公斤。腹水使他呼吸不順，而黃疸讓他連眼睛都變黃了。

每次看到他，閔主任都會勸他打一針嗎啡，但他總是搖頭拒絕。全身不斷發抖、就算緊咬牙關也會不自覺流出呻吟，連意識也開始模糊不清。他用全身感受這兩年多來兒子所受過的痛苦，這才是他連一針嗎啡都不肯打的理由。

沒錯。他想藉著和痛苦面對面，向兒子贖罪。

兒子啊，原來你一直以來都是這麼難受的啊！

爸爸不曉得，只聽到你說痛，卻不知道痛苦有多深多重。兒子啊，你在這種強烈的痛苦中，竟然熬過了這許多日子；不過是個九歲孩子的身體，到底是怎麼翻越這一座座名為痛苦的高山呢？

兒子啊，對不起，爸爸什麼都不知道。你喊痛的時候，我多想代替你痛，但和你忍受的痛苦相比，這一點心意根本不算什麼。

他長長地嘆了一口氣，拿起放在副駕駛座的一本筆記本。

這是他離開兒子後整理出來的筆記，是他一邊寫一邊流淚而成的筆記。他把自己所知道有關兒子的一切全寫在上面：兒子的性格、行為、優缺點、嗜好、偏愛、喜歡吃和討厭吃的東西……

他打算傍晚的時候把妻子叫出來，把筆記本轉交給她。他希望妻子看了這本筆記，可以幫助她更快更正確地了解兒子。他更希望妻子能根據是否合乎兒子的性格，而不是自己的意願來判斷、教導、愛護孩子。

他彎下腰，從車窗裡抬頭望向達雲的病房。剛過正午的陽光反射在玻璃窗上，十分刺眼。

今天晚上，正確說來應該是明天上午三點，他打算去病房。那時候兒子一定在睡覺，他無論如何都想在兒子睡著的時候見兒子最後一面；如果不能對熟睡中的兒子做個靜默的道別，他一定會死不瞑目的。就這樣看著兒子一小時，不，三十分鐘就夠了，然後再把詩集放在他枕邊就離開。

手機響了。他還以為是柳真妮，沒想到是妻子。

「今天就會出院了。我們會從醫院直接到機場。」

「……不是明天早上嗎？」

「那是醫院單方面決定的。我們搭今天晚上十點的飛機回去。」

激烈的頭痛襲來，他按住太陽穴。這是他活到現在最重要的一夜啊，可是妻子居然要奪走它。

「煩死了。那孩子大哭大鬧的，還說不見到你就不走，我實在束手無策。」

那孩子不是任性的小孩，反而是個思考太深入、太過早熟到讓人擔心的孩子。

「你可以馬上來醫院一趟嗎？」

「……」

「我知道對你來說很不好受，但是……」

他打斷了妻子的話。

「你們什麼時候離開醫院？」

「七點左右。」

對於想把病體隱藏在黑暗之中的他來說，這個時間剛好。烙印在兒子心裡的父親的最後身影，絕對不能是病懨懨的樣子。他不希望孩子一輩子都記得，更不想害孩子傷心。

「那麼，我們準時七點見。兒童病房後院有一張長椅，我在那邊等，不，妳不要來，兒子自己過來就好。不會花太多時間的。」

他背著路燈坐了下來。

雙手放在膝上，挺直腰桿，等著兒子來到。

※

和妻子通完電話之後，他去見了閔主任，為了打一針嗎啡；和兒子相處的最後一刻，他不想因為痛苦而浪費掉。嗎啡不足以掩飾病容，但至少可以讓他不至於氣喘吁吁、語不成句地和兒子道別。

如果可以的話，他真希望時間能盡量過得慢一點，但時間就像穿過山谷中的激流，從他身邊奔湧而過。望著白天的太陽漸漸無力地消失、晚霞染紅了西邊的天空，黑暗就像占領軍似的，毫無困難地長驅直入。他一邊想著，一邊望向通往兒童病房的那條小徑。

下午似乎颳了一陣狂風。日暮時分，幾隻小鳥飛到藤樹稀疏的枝條上，吱吱喳喳像是說話似的，沒多久便拍拍翅膀飛走了。好像還有誰坐在他對面的椅子上抽菸，對著微暗的天空吐了幾口煙，又疲憊地離開了。

他看見三個人影從兒童病房走出來。兩個停在那裡，另一個繼續往前走。

啊，是兒子。兒子急急地向他走來。

是他打從心裡愛憐不捨的兒子，但他並沒有站起來。他每夜都在夢裡喊著兒子的名字，那些雙手滿抱的回憶總是讓他嘆息連連、淚溼枕邊。但是，他沒有喊出兒子的名字，也沒有伸出手。沒錯，是你啊，是我的兒子啊……他反覆低聲說著。

「爸爸！」

是他極度渴望聽到的兒子的聲音。爸爸。就算只能再聽到一次也心甘情願。

兒子快步跑向他，他應該馬上張開雙手把兒子抱在胸前，摩挲著兒子的臉頰才對，但他卻在兒子來到預先想好的那個距離時，冷冷地開口：

「站在那裡別動。」

兒子不知所措地站在原地。

「……爸爸，我好想你。」

「爸爸過得很好。」

「……這邊看不清楚爸爸，我可以坐在爸爸旁邊嗎？」

「不行。你在那裡就好。」

兒子把往前踏出一步的腳收了回去。

「……我今天晚上就得去法國了。」

「我知道。」

「要坐飛機呢。爸爸你知道的，我是個連溜滑梯都不敢玩的膽小鬼。」

兒子沒有說他不想去、沒有說他不能不去，也沒有說他不知道為什麼非去不可。但是相對的，兒子咬著下脣，好幾次望向他，這就已經說明了一切。

「……我吵著要他們讓我見爸爸。」

「你給媽媽添麻煩了吧，去法國以後可不能這樣。要聽媽媽的話，不，達雲一定要好好想想怎麼做才能讓媽媽高興，好嗎？」

「……到法國以後，可以打電話給爸爸嗎？」

「不可以。」

「信呢？寫信總可以了吧？」

「不用，沒這個必要。」

兒子眼裡終究還是流下了淚水。像是要掩飾淚眼似的，兒子低著頭看著腳尖。接下來是長長的沉默。

「那，爸爸會來看我的對吧？」

「你不用等爸爸了。」

「那，我想再見到爸爸，一定要等到四年以後嗎？」

他說過「你跟爸爸一起生活了四年，也應該跟媽媽住差不多一樣久的時間，這樣才公平嘛。」兒子記得清清楚楚。對兒子來說，也許這多少給了他一點安慰。

「二十歲以前，不要想回到韓國的事。」

「但是爸爸，到二十歲還要十年以上耶。」

「十年很快就過了……別再生病了，你已經把一輩子的病都生完了，所以以後絕對不准再生病。」

「……」

「還有什麼話要說嗎？」

兒子點點頭，卻只顧著用袖子擦眼淚，好一陣子開不了口。

「快趕不上飛機了，如果沒有什麼非說不可的話，就回媽媽那裡吧！」

兒子從口袋裡拿出了髮夾，是以前說過想送給芸美的禮物。

「我本來想當面送給真妮阿姨的，就請爸爸給她吧。很適合她，真妮阿姨一定會喜歡的。」

接著，兒子又從另一邊的口袋裡掏出木雕。

「我用爸爸給我的紫杉木刻了自己的臉。我想說不定爸爸會想我，雖然現在不想，但說不定明天會想看到我……我有爸爸的雕像，所以充滿了精神；可是爸爸什麼都沒有對吧？」

兒子往前踏了一步，他連忙說：

「那邊的長椅上有只購物袋，把東西放在它旁邊，然後把購物袋拿走，筆記本給媽媽，書你拿著。」

放下髮夾和木雕，拿起購物袋，兒子說：

「爸爸，拜託你……我想再摸一次爸爸的耳朵，再摸一次就好。」

他搖搖頭。

「……夠了。你差不多該走了。」

「……爸爸！」

兒子一隻手插在口袋裡，低著頭，腳不斷跺地。「快點！」他決絕地喊了一聲，兒子怯怯地轉過身去。

「把手從口袋裡拿出來……抬頭挺胸！」

兒子總是問為什麼，只要和自己的想法不同，直到接受之前，兒子都會倔強反抗。但是今天卻順從了他的命令。

「這樣才對。以後就要像這樣抬頭挺胸地活下去。你已經是個大人了，要像大人那樣思考、像大人那樣做事情，不可以再像個小孩了。到了國外，更要活得像個大人才行。」

雖然他這麼說，但他一心希望兒子會立刻回過頭，轉身奔進自己的懷抱。可他終究只能說出更加絕情的話語，他也不知道說這些話到底有沒有用，對兒子又有多少幫助。

「爸爸會忘掉你的，所以你也忘了爸爸吧，就當做一開始就沒有爸爸吧。快點走，絕對不要回頭，抬頭挺胸，快點去媽媽那裡。」

兒子「哇」地放聲大哭。兒子就這麼一面哭著，一面慢慢離他遠去。

他很清楚，這是最後一次了，所以就算兒子回過頭看他一眼也沒什麼大不了的；但是，他更清楚的是，時候到了，該放開那長久以來的渴望和愛憐的羈絆了。

一直到最後，兒子都沒有回頭。

等到兒子的身影完全消失在兒童病房的轉角，他兩手置於膝上、正襟危坐的姿勢一下子放鬆下來。接著，他慢慢爬上長椅，伸手拿起了木雕，把臉埋在木雕裡哭泣著。

兒子啊，要平安健康喔。

我的兒子，再見了。

大概再也見不到你、再也聽不到你的聲音，也摸不到你那溫暖的手了，更沒法再次把你緊緊抱在懷裡了。

但是，兒子啊，啊，你是我生命的全部。

就算爸爸死了，也不會真的死去。

只要你還活在這個世界上，爸爸就會繼續活在你的身邊。

雖然你再看不到爸爸、聽不見爸爸，也摸不著爸爸，但爸爸永遠會在你身邊，陪你一步一步往前走，不讓你覺得疲倦、不讓你跌倒，更不讓你半途而廢；當你有所憂慮，我一定會為你打氣。

永遠，永遠……

尾聲

見到了躺在急診室裡的前輩。

前輩已經一腳踏進死亡那一頭了，這或許是再理所當然不過的事情。兒子在兩天前離開他了，必須不斷忍耐的前輩也終於這樣走到了盡頭。即使如此，前輩仍然不斷反覆說著同樣的話：

「真妮，達雲應該平安抵達了吧？」

我拗不過他，撥了電話到法國去。原本想跟達雲說說話，但達雲的母親拒絕了。

「平安到達了。」

「什麼事都沒有？」

「什麼事都沒有。」

「那孩子有懼高症啊。」

「說是不礙事。」

「不知道有沒有暈機？」

「沒暈機。」

「……那真是太好了。這樣就好。」

前輩想去砂礫谷，但達雲的主治醫師閔主任反對，他說肝臟組織已經遭到破壞，也已經出血了，頂多再撐上三、四天。但前輩無論如何都想去砂礫谷，所以在注射嗎啡之後便離開了醫院。

我讓前輩坐在副駕駛座，沿著高速公路、國道，再轉進山路。到達香里的時候，天上開始飄起風花[29]，算是今年的第一場雪。在這個世界上所迎接的最後一場初雪，就這樣寂寂地落在前輩頭上。

前輩幾次要我回去。

我始終默默地搖搖頭。我只是單純地想：前輩快死了，隨著歲月的沖刷，前輩在我的記憶裡也會越來越淡薄吧。就算如此，每年只要一見到初雪，我就會懷念起前輩的一切，讓他在我心裡隱隱作痛。

前輩並沒有直接前往砂礫谷，而是緩緩地用雙腳走進廢校。大概是拜嗎啡之賜，讓他還有辦法走路。

前輩在廢校裡流連了許久，他說這裡到處都有他和兒子的愉快回憶。但前輩一在教室

29 專指晴天時隨風飛舞的雪花，或是指山頂積雪隨風飄落的情形。

外牆的塗鴉上看到兒子的名字，便忍不住落淚；撫摸著單槓時也哭了；走進教室，一隻手扶著布滿灰塵的講桌時，終於忍不住「嗚嗚」哭出聲來。

來到他和達雲借住過一個月的皮老人的小屋時，前輩躺了下來，初雪已經變成紛飛大雪。

「剛到這裡來的時候，我心裡只希望至少讓達雲能活到冬天。」

前輩嘴裡這麼說著。他手裡緊握著木雕，回憶著兒子生命中每一個瞬間的每一個細節，就像錄影帶以慢動作倒帶播放一般。

如果拿掉和病魔對抗這一段的話，其實並沒有什麼特別的，就跟世界上其他普通的孩子一樣。但為什麼前輩記住的卻是達雲跟普通孩子一樣平凡無奇的事情呢？說不定，過去那段日子的前輩，深切地希望達雲也過著對普通孩子而言理所當然的平凡生活吧，所以才用這種方式重現。

前輩偶爾會停下來，問：

「雪還在下嗎？」

這個時候，我就會推開窗戶，讓他看看無聲落下的雪花。我想，他對自己的關心大概僅限於這種程度的小事而已。曾經是受人矚目的詩人，基於他那般的感性，一時之間，也會想看看初雪吧。

天快亮的時候，前輩上氣不接下氣地說：

「我跟達雲約好要去教會的，但一次也沒去成。我現在得禱告才行，可以請妳扶我起來嗎？」

前輩雙手交握，跪在房間裡的地板上，額頭靠在交握的手上。這難道是什麼不得了的約定嗎？再說，和他約定好的兒子現在也不在了……

時間緩緩流過，初雪不疾不徐地下著，前輩就維持著禱告的姿勢，安詳地去世了。

前輩就這樣離開了這個世界。就連最後這段路也寂寞不已，只有我和皮老人參加了他的葬禮。

一般來說亡者的頭要朝東，但我一意孤行，下葬的時候讓前輩的頭朝向西北方；朝向他直到最後仍眷戀不已、即使忍痛泛淚，卻仍呼喚不停的兒子。

四天後，我踏著深至膝蓋的積雪離開了砂礫谷。我並沒有急著離開，反而想把每一棵樹、每一塊岩石都牢牢地刻在心版上。將來，遙遠的將來，我知道我必須再次走上這條路，帶著達雲重返此地。

當砂礫谷終於隱沒在山巒之後，再也看不見的那瞬間，我突然聽到後方傳來回聲，是前輩的聲音。我知道前輩發病的那天，他坦然地微笑著對我說：

「真妮，妳知道這句話嗎？人這種東西啊……只要有孩子留在世界上，即使死了，也並不算真的死去。」

後記

我有位認識很久的朋友，一位兒子罹患不治之症的朋友。

這位朋友從不向人訴苦，連發牢騷都不曾有過。孩子怎麼樣？面對我的疑問，我這位朋友只是微微一笑，說「好多了」。但那並不是馬上就可以治癒的疾病，應該說，那是會隨著時間過去而惡化的病。

我們偶爾會在一起喝兩杯。那是發生在某天的事，而朋友就只對我說過這麼一次：

「你知道我的願望是什麼嗎？只要能讓我代替我兒子，要我做什麼都可以；但是，我根本沒辦法代替他，這才是讓我最無法忍受的事。」

這才是讓我最無法忍受的事……

朋友的這句話成為我寫這本小說的原因。寫作途中一思及朋友不得不忍受的痛苦，不知嘆了多少次氣，甚至必須暫時擱筆。但是，一直到寫完之前，我都只想毫不保留地記錄下那股切的期盼。

我自幼喪父。當時，我才五歲。

五歲，對一般人來說應該是初識世事的時候，但我完全沒有和父親有關的記憶，連模樣都記不得。父親就像隨著秋風飛舞的落葉，風吹到哪裡，就飄到哪裡，活到了某一天便突然離開。

身為沒有父親的孩子，世間的責難或是半吊子的同情，都是我自小就習慣的事；說不定正是這些責難和同情撫慰了我無法從父親那裡得到滿足的心靈。我既不恨父親，對父親也沒有戀慕之情，使得我有很長一段時間完全不知道「父親」究竟意味著什麼，但也或許是我不想知道吧；就像痛苦到極點之後，反而會在痛苦中找到一條道路那樣。

即使這樣，我仍不知天高地厚地寫了這本關於如融融春日般溫暖父愛的小說。身為父親的事實成為我的動力，並懷抱著把「要做一個好父親」當成座右銘的心情。

對於從本書開始動筆到全部寫完，始終以充滿關愛的目光守護著我的安山家醫科醫院院長崔光源，在此謹向他致上誠心感謝。

在冬天的孤島　趙昌仁

高寶書版集團
gobooks.com.tw

TN 195
刺魚
가시고기
作　者　趙昌仁
譯　者　林雅萩
編　輯　余純菁
排　版　趙小芳
封面設計　許晉維
出　版　英屬維京群島商高寶國際有限公司台灣分公司
Global Group Holdings, Ltd.
地　址　台北市內湖區洲子街88號3樓
網　址　gobooks.com.tw
電　話　(02) 27992788
電　郵　readers@gobooks.com.tw（讀者服務部）
pr@gobooks.com.tw（公關諮詢部）
傳　真　出版部　(02) 27990909　行銷部 (02) 27993088
郵政劃撥　19394552
戶　名　英屬維京群島商高寶國際有限公司台灣分公司
發　行　希代多媒體書版股份有限公司/Printed in Taiwan
初版日期　2012年8月

國家圖書館出版品預行編目(CIP)資料

刺魚／趙昌仁著; 林雅萩譯 -- 初版. --
臺北市：高寶國際出版：希代多媒體發行,
2012.08　面；　公分. -- (文學新象；TN 195)
譯自：가시고기

ISBN 978-986-185-724-4(平裝)

862.57　　101010067

GOBOOKS
& SITAK
GROUP©